石川啄木入門

池田 功

桜出版

まえがき

二〇一二年（平成二四）三月に、インドのデリー大学で「タゴールと啄木と野口米次郎《のぐちよねじろう》」のパネル・ディスカッションがあり、私もパネリストとして参加しました。その開会の挨拶《あいさつ》を、後援者である国際交流基金（ジャパンファウンデーション）の所長さんがされました。大体こういう挨拶は形式的なものが多く退屈なものですが、この方のは少し違っていました。おおよそ次のようなことを言われたのです。

「研究者の皆さんは一体誰に向かって言葉を発しているのですか。研究者の内輪《うちわ》の方々だけなのですか。3・11以後のことを考えますと、被害に遭《あ》われた方々の生々しい衝撃的な言葉、そして多くの文学者や芸術家の方々が発する励《はげ》ましの言葉の大きさを考えた時に、私たち、とりわけ研究者の方はどのように言葉を発するべきなのかを考えました」云々《うんぬん》というものでした。

その話に、私は研究者の一人としてグサリと胸を突き刺された思いがしました。研究者は研究者同士を相手にして、研究者だけにわかれば良い重箱《じゅうばこ》の隅《すみ》を楊枝《ようじ》でほじくるような瑣末《さまつ》な内容を発表しておればよいのかと、問われているように思いました。そして私たち研究者は象牙《ぞうげ》の塔《とう》を出て多くの人たちに向かって、啄木の魅力とは一体何なのか、この時代に啄木を読む魅力とは一体何なのか、一〇〇年以上前に活躍した啄木は今の時代にどのように新しいのか、などを語っていかなければならないのだと思いました。

その二〇一二年は、丁度石川啄木の没後一〇〇年ということで様々なイベントがあり、私にも講演、対談、パネル・ディスカッション、テレビ出演や新聞雑誌のインタビュー、はては盛岡の啄木の地をめぐる文学散歩の引率《いんそつ》など数多くの仕事の依頼がありました。その度《たび》に思ったのは、インドで言われた、もっと多くの人に向かって啄木を発信していかなければならないということでした。

もちろん、そうは言っても私は大学や大学院で教えていますし、また国際啄木学会に席を置く研究者でもあり、研究史を踏まえた細かく深い研究、あるいは新しい方法や視点からの研究が大切であることは当然わかっています。もちろんそのことを忘れてはいませんが、しかし、それとともに多くの人に向かって発信していかなければならない、ということもまた必要なのであると思います。

そんな時に思いついたのが、石川啄木の『入門書』のことでした。今までの入門書の多くは、写真を多用したいわゆるアルバム形式のものか、あるいは客観的に年譜や作品を紹介した本でした。しかしそうではなく、私が考えているのは、もっと自分の視点によるわかりやすい啄木の入門書のことです。啄木が亡くなって四五年後に生を受け、啄木の倍以上生きた私の眼を通してみた啄木の全体像です。

二六歳で亡くなった文学者をなぜ倍以上生きた人間が読んで面白いのか、意味があるのかなどと言う人もいますが、それはまったく違っています。私にとって啄木の文章は、読むたびに魅力を与え続けてくれます。二〇代の時も五〇代の今もそうです。確かに啄木の全体像は青春の文学には違いないのですが、しかし、それを中年になってから読んでも魂《たましい》がゆり動かされることに変わりはありません。逆に言えば心を動かされなくなっているのは、その人の心が枯れて古びてしまっているからではないでしょうか。

こんなことを考えていた二〇一三年（平成二五）三月に、明治大学における講演記録「没後一〇〇年　石川啄木の魅力―短歌・詩・日記を中心に―」の冊子（明治大学図書館紀要『図書の譜《ふ》』第一七号）ができました。本当のことを言えば、実はこの年にこのテーマでほとんど同じことを何回もあちこちで講演していました。そしてこの同じ講演を、何と三回も聴きにきてくれた人たちがいたことに気づいたのです。それが桜出版の山田武秋《たけあき》さんと編集担当の高田久美子さんでした。

　そこで私はこのわかりやすく講演した内容をもとにした、『石川啄木入門』を桜出版から刊行したいと思い、そのことをお話しすると直ぐに快諾《かいだく》していただきました。そして生まれたのが本書です。ぜひとも多くの人に読んでいただきたいと思います。

『石川啄木入門』 目次

目次

1　その二六年二カ月の生涯

(一) 反転する思考

妻節子の家出事件の衝撃

啄木の生涯は、わずか二六年と二カ月です。その中で文学的な時間は、一六歳からの一〇年間となります。この一〇年間に啄木は大きく変貌し成長し反転していきました。前半は浪漫主義・天才主義期です。そして後半は自らの生活を正して社会を見つめていく期間です。

その転回点は、まず北海道での一年間の苦悩の生活にもとめることができます。しかし、この後に「ローマ字日記」の時代があることを考えますと、一九〇九年（明治四二）一〇月に妻節子が娘の京子を連れて一カ月間ほど実家に戻った事件以後と考えるのが妥当であると思われます。啄木はこのとき満二三歳でした。

浪漫主義・天才主義期の啄木は、実際に大変な努力もしました。渋民《しぶたみ》尋常小学校を首席で卒業し、盛岡中学校に一〇番の成績で入学します。そしてこの中学校の時に自らの人生の生きる道は「文学」であると見出すのです。仲間たちと同人雑誌を作ったり、「岩手日報」

に文章を載せたりします。ある意味で文学がすべてだったのでした。そのために学校の勉強がおろそかになり、ついにカンニングを二回行い、譴責《けんせき》処分（叱《しか》り責めることで懲戒《ちょうかい》処分の中で最も軽いもの。現在は戒告《かいこく》と言います）の末に自主退学をします。

そして文学的な勝負を賭《か》けて東京に出て失敗しますが、しかし、上京中は与謝野鉄幹《よさのてっかん》・晶子《あきこ》の知遇を得ています。一九歳の時に第一詩集『あこがれ』を刊行します。これは自費出版ではありません。啄木の才能を見込んだ、郷土の知り合いがお金を出してくれたのです。さらに一九歳で堀合節子と結婚し、翌年には娘も生まれています。

しかし、啄木はほとんど実生活を顧《かえり》みることがなく、文学がすべての状態でした。そして北海道の函館《はこだて》、札幌《さっぽろ》、小樽《おたる》、釧路《くしろ》とほぼ一年間の流離の生活をします。もちろん働いてもいましたが、その生活は悲惨なものでした。そ

啄木と妻節子

してついに啄木は、「小生の文学的運命を極度まで試験する決心」（向井永太郎宛書簡、明治四一年五月五日）で上京します。その時は、家族を後に義弟となる函館の宮崎郁雨《いくう》（本名は大四郎）に預けての単身上京でした。

上京してから多くの小説を書き、森鷗外《おうがい》などに売り込みを依頼しますがうまくいきません。そしていわゆる「ローマ字日記」の時期を経て、上京してほぼ一年後に朝日新聞社の校正係の職を得て、家族を呼び寄せます。ところがわずかその四カ月後、ずっと従順であると思っていた妻の節子が家出をするのです。つまり、堪忍袋《かんにんぶくろ》の緒《お》が切れたのです。ただ、節子自身は「私故に親孝行のあなたをしてお母様に背かしめるのが悲しい。私は私の愛を犠牲にして身を退くから、どうか御母様の孝養を全うして下さい」（金田一京助《きんだいちきょうすけ》「弓町時代の思い出から」『金田一京助全集　第十三巻　石川啄木』三省堂）というような内容の置き手紙を書いていますので、実際には嫁 姑《よめしゅうとめ》の問題が一番であったようです。

しかし、今井泰子《やすこ》は節子の家出の原因を、「女の目で読めば、ここにはまず何よりも夫に対する痛烈な抗議、夫の愛情に対する不信」（『石川啄木論』塙《はなわ》書房）であると指摘しています。そのことを啄木自身も十分感じていたことでしょう。啄木は金田一に「かかあに逃げられあんした」と話し、金田一に戻ってきてほしいという手紙を書いてもらい、また自分でも書き、さらに小学校の恩師の新渡戸仙岳《にとべせんがく》にも、「昼は物食はで飢を覚えず、夜は寝られぬ苦しさに飲みならはぬ酒飲み候。妻に捨てられたる夫の苦しみの斯《か》く許《ばか》りならんとは思ひ及ばぬ事に候《さふら》ひき」（明治四二年一〇月一〇日）云々《うんぬん》と記しています。啄木にとってどのくらい大きな衝撃であったかがわかります。

「天職」は文学にあらず

啄木は、この妻の家出以前と以後とで大きく反転し変貌していくのですが、そのことを「天職」という言葉の使い方の変化によってきちんと説明することができます。自分が一生かけてやるべき仕事という意味である「天職」という言葉です。この「天職」という言葉を啄木全集の中からすべて探しましたら、一四カ所ほど使われていることがわかりました。興味深いのはこの「天職」の使い方が、妻節子の家出以前と以後とでまったく一八〇度も異なる使い方をしていることです。まず節子家出以前の、札幌の新聞社の校正係をしていた一九〇七年（明治四〇）九月一九日の日記です。（傍線は引用者です。以下同じ）

あゝ我誤てるかな、予が天職は遂に文学なりき。何をか惑《まど》ひ又何をか悩める。喰《く》ふの路さへあらば我は安んじて文芸の事に励むべきのみ、この道を外にして予が生存の意義なし目的なし奮励なし。予は過去に於て余りに生活の為めに心を痛むる事繁くして時に此一大天職を忘れたる事なきにあらざりき、誤れるかな。予はたゞ予の全力を挙げて筆をとるべきのみ、貧しき校正子可なり、米なくして馬鈴薯《ばれいしょ》を喰ふも可なり。

このように、啄木にとって「天職」は文学をすることであり、生活などどうでも良かったのです。このような考え方は、ずっと前から記されていました。例えば、母校の渋民尋常高等小学校の代用教員をしていた時に、「職業は、夢想を本職とし程近い○△小学校の代用教員を副業に勤めて居る。本職の方からは一文の収入もないが、副業によつて毎月大枚八円といふ月給を役場の収入役玉山与作君から渡される」(「林中書」明治四〇年三月)と、実際に収入のある代用教員が副業で、本職は文学だとしています。まったく同じことを、「貧乏の重い袋を／瘦腰《やせごし》に下げて歩けど、／本職の詩人、はた又、／兼職の校正係、／どうかなる世の中なれば、／必ずや怎《どう》かなるべし」(並木武雄宛書簡、明治四〇年九月二三日)とも記しています。

しかし、このような考えは、妻節子の家出以後に反転します。このことは啄木自身が「去年の秋の末に打撃をうけて以来、僕の思想は急激に変化した」(宮崎郁雨宛書簡、明治四三年三月一三日)とそのことを記していますが、さらに有名な「弓町より　食ふべき詩」(明治四二年一一、一二月)に、次のように「天職」が記されることによっても読みとることができます。

謂ふ心は、両足を地面《ぢべた》に喰《く》つ付けてゐて歌ふ詩といふ事である。実人生と何等の間隔なき心持を以て歌ふ詩といふ事である。珍味乃至《ないし》は御馳走ではなく、我々の日常の食事の香《こう》の物の如く、然《しか》く我々に「必要」な詩といふ事である。(中略)

すべて詩の為に詩を書く種類の詩人は極力排斥《はいせき》すべきである。無論詩を書くといふ事は何人にあつても「天職」であるべき理由がない。(中略)「我は文学者なり」といふ不必要なる自覚が、如何《いか》に現在に於《お》いて現在の文学を我々の必要から遠ざからしめつゝあるか。(中略)

一切の文芸は、他の一切のものと同じく、我等にとつては或《ある》意味に於《お》いて自己及び自己の生活の手段であり方法である。詩を尊貴なものとするのは一種の偶像崇拝である。(中略)両足を地面《ぢべた》に着ける事を忘れてはゐないか。

「予が天職は遂に文学なりき」と記し生活などどうでも良いとしていた啄木が、詩を書くことは「天職」ではない、「我は文学者なり」という自覚は不必要であると記します。まさに「天職」という言葉を使って、啄木は自らの変身を記していたのでした。

二三歳からの奇跡の三年間

この時、啄木は満二三歳でした。残された時間はあと三年しかありませんでしたが、ここから今日《こんにち》私たちが大いに評価する作品が生み出されていくのです。歌集『一握の砂』や、生前に編集した『悲しき玩具』、そして詩「呼子と口笛」、小説「我等の一団と彼」などです。

さらに両足を地面につけて、生活をきちんとした上で文学をやるという生き方の変化の中から、啄木には現実の不条理《ふじょうり》や強権の問題が見えてきました。丁度その時に国内外に大きな事件が起こっていました。国内では、いわゆる幸徳秋水《こうとくしゅうすい》らの大逆《たいぎゃく》事件です。

この大逆事件は、幸徳ら二六人が明治天皇の暗殺を企《くわだ》てた事件として知られています。しかし、啄木は新詩社「明星」の友人で、この事件の弁護を引き受けた平出修《ひらいでしゅう》弁護士から真相を聞きます。つまり、実際には四人ないし五人が企《くわだ》てた事件であり、それ以外の人はこの事件とはまったく無関係であり、権力犯罪なのであるということです。啄木はこの事件の真相を後世に残すために、「日本無政府主義者隠謀《いんぼう》事件経過及び附帯《ふたい》現象」などの記録を残します。さらにこの時代は強権が横暴を振るう時代であるという内容をも含む、「時代閉塞《へいそく》の現状」という文章も書きました。

また、国外においては日韓併合が起こりました。一九一〇年（明治四三）八月二二日に、「韓国併合に関する条約」が調印され翌日発表されましたが、啄木は「創作」（明治四三年一〇月）に「九月の夜の不平」と題して次の歌を発表しました。

地図の上朝鮮国にくろぐろと墨《すみ》をぬりつゝ秋風を聴く

日本では領土が増えて地図の上を赤く塗《ぬ》って御祝いをしていた時に、啄木は日韓併合によって国家を失った韓国人の心情に寄り添《そ》って哀悼を示しています。このようなことは当時としては極めて異例なことでした。啄木はそのような相手の気持ちに立って考えることができるように成長していたのでした。

このように啄木の人生の前半は、浪漫主義・天才主義期であり生活を顧みることなく文学だけの人生で奢《おご》り高ぶったものでした。しかし、妻の節子の家出により自らの人生観、文学観に大きな変化をもたらし成長することにより、今日の啄木というものが生まれたのです。そしてその短い晩年の三年間は「奇跡の三年間」とも呼ぶべきものです。ただ、このような短い期間での成長は、何も啄木に限ったことではなさそうです。

樋口一葉《ひぐちいちよう》は二一歳の時に九カ月間吉原《よしわら》近くの下谷《したや》で荒物店を開きました。そこの市井《しせい》の塵《ちり》にまみれて生活することにより、山の手のお嬢さんの意識を克服しそれを文学の中に記していきます。それは二二歳から亡くなる二四歳までの「奇跡の十四カ月」と呼ばれている期間です。その期間に「たけくらべ」「十三夜」「にごりえ」「大つごもり」などの一葉の代表作となる作品を書きました。

また同じく二四歳で亡くなった北條民雄《ほうじょうたみお》も、二一歳でハンセン病施設の多摩全生園《たまぜんしょうえん》に入園してから書いた小説「最初の一夜」（後に川端康成の指示により「いのちの初夜」と改題）が、川端康成に認められ文学的出発をしてから結核で亡くなるまでわずかに三年ほどの執筆期間しかありませんでした。しかし、現在でも読みつがれる優れた作品を書いています。文学史に残るような文学者にはそういう、急激な成長を遂げていく輝かしいプロセスがあるようです。

(二) 啄木への批判を受けて

啄木の生涯における生き方や思想の反転、そして急激な成長を記してきました。啄木は二三歳から変貌していったのですが、それでも作品は素晴らしいが、どうしても好きになれないところがあると考えている人がいるかと思います。そういう人の理由の多くは、あいつは大変な借金をしていたじゃないかということであったり、働いていなかったじゃないかということであったり、親孝行していなかったじゃないかということであったりします。いわゆる負の啄木神話、啄木伝説とも呼ぶべきものです。そのことについて、私の考えを記してみたいと思います。

①借金について

一三七二円の借金メモ

啄木は一九〇四年（明治三七）暮れから、一九〇九年（明治四二）秋までの借金を記したメモを作りました。いわゆる「借金メモ」です。その総額は一三七二円五〇銭です。この金額は現在だといくらくらいになるのか正確なところはわかりません。朝日新聞

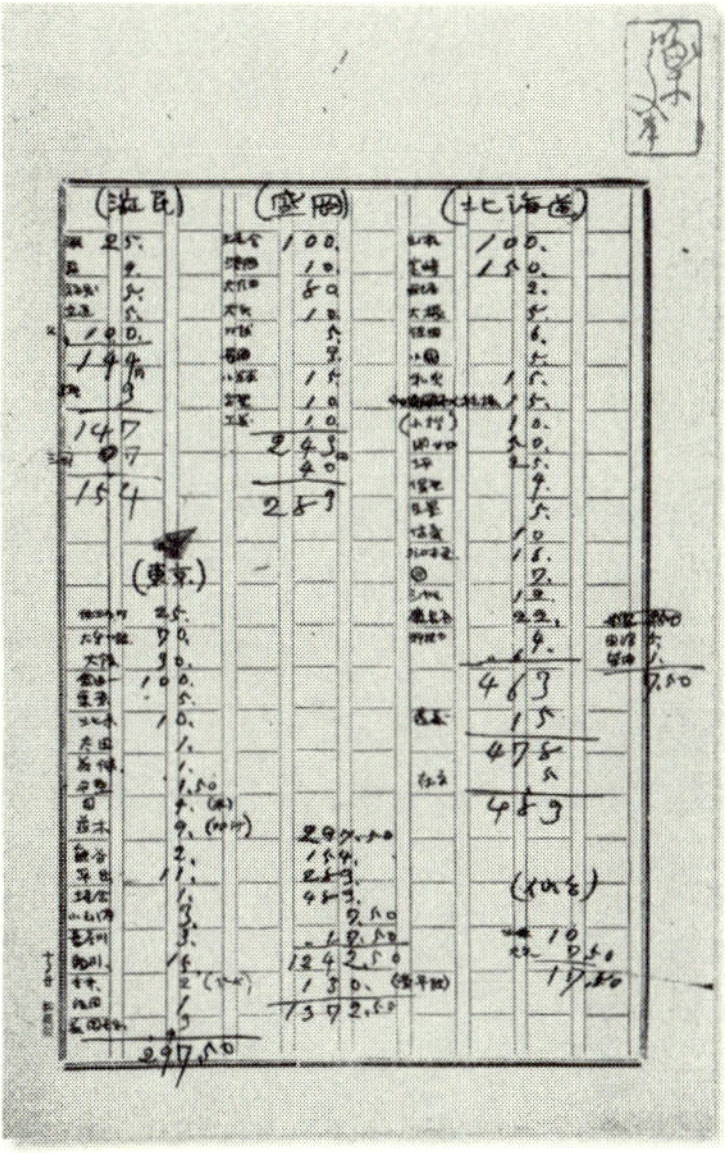
(渋民)
(盛岡)
(北海道)
(東京)

啄木「借金メモ」

（平成二四年四月三〇日）では「六八〇万円以上」くらいではないかとありましたが、いや一三〇〇万円くらいだという人もいます。

私も週刊朝日編『値段史年表　明治・大正・昭和』（朝日新聞社）などを使って調べました。一九〇七年（明治四〇）の「公務員の初任給（高等文官試験合格者）」は五〇円でしたが、現在の総合職（院卒）の初任給は二〇万円～二四万円（地域手当がある場合）ですので、これから計算しますと一三七二円は、現在の五四八万円～六六〇万円ということになります。

啄木（右）と金田一京助

しかし、当時安月給であった巡査の初任給は一二円（明治三九年）であり、同じく安月給であった小学校教員の初任給は一〇円から一三円（明治三三年）でした。これを仮に一二円とすると現在の警察官は一八万円（高卒の場合）、小学校の教員は一八万円（一種免許）くらいですので、そうしますと一三七二円は一九〇八万円となります。

ようするに一三七二円は、何を基準にするかによって現在の五四八万円〜一九〇八万円という具合に異なってしまうということです。一三七二円は､明治時代の高等文官のようなエリートにとっては、おおよそ今の六〇〇万円くらいの価値観であったのに対して、庶民にとっては一九〇〇万円くらいに相当したのではないかと思われます。どちらにしても大変な額であることに変わりはありませんが。

それでは啄木は、なぜこのように借金をすることに平気でいられたのでしょうか。従来様々な考えかたがされてきています。例えば、寺の子に生まれ育っているので、お布施《ふせ》のような感覚に慣れていたのではないかという考えもあります。また近藤典彦《のりひこ》は「石川啄木の借金の論理」(『石川啄木と明治の日本』吉川弘文館)で、「小児の心」という「世の中と対立するかぎりの全自分は（心も、欲求も、行動も）すべて絶対的に肯定される」という論理からであったと考えています。

実際にそれらのすべてから、啄木は必要に迫られて借金をしていたと考えられます。借《か》りる側の心理や論理はそのようなものであったとしても、貸してあげる側の心理については従来あまり言及されていません。そこで私はむしろ貸してあげた側の心理に迫ってみたいと思います。

まず、啄木は一体誰にお金を借りていたのでしょうか。「借金メモ」をきちんと調べますと、父親（一〇〇円）や義理の弟になった宮崎郁雨（一五〇円）、そして妻の実家の堀合家（一〇〇円）など、親族だけで三五〇円になります。つまり借金の四分の一は、親族という身内からの借金なのです。親族が、才能のある身内に援助をしてその将来に投資してあげたということなのです。こういうことは当時としても現在においても、それほど不思議なことではないと思われます。むしろ、今の若者は自分の親からお金を出してもらっても、わざわざ借金メモなど作らないだろうという意味では、逆に啄木はそれを忘れまいとする律儀な一面を持っていたとすら言えるのではないでしょうか。

この「借金メモ」をめぐって一〇〇円を貸した金田一京助が、「啄木の悪徳」（『金田一京助全集　第十三巻　石川啄木』三省堂）の中で興味深いことを書いています。「啄木は借金を払わなかった。これが前期の悪徳の一つで、今になって、またたたかれている点である。（中略）私はこれ（＝借金メモ）を一見したら（中略）感心してしまった。だって、はじめからふみ倒す心なら、こんなに克明《こくめい》に書き並べておくはずがないからである。あとあとの金額まで書いてあるところをみると、およそ朝日新聞社に拾われて、定収入にありついてからの浄書《じょうしょ》である。啄木は、払える機会が来たら払おうとしたから、一々これを書き並べているのだと、私には、この一枚の借金表に泣けたのである」と。

つまり、当の借金をされた人が、怒ってはいないということです。むしろ啄木の心を推《お》し量って涙を流しているのです。いわばこの人たちはみな、ある意味で返してもらおうなどとは思っていなかったのでしょう。そういう意味では援助をしているのです。このことに関して、元石川啄木記念館学芸員の山本玲子《れいこ》が実に興味深いことを語っています。「明治の人は、優れた才能をもっている人と見れば、その才能に投資するという立派なお考えの方が多かったのではないでしょうか。『人を見抜く目』というものをもっていたように思います。もし、見抜くことができず、目の前の才能ある人に投資しなかったら、それを『恥《はじ》』と考えていたのではないでしょうか。明治の人には、そうして人を育てる力があったと思います」（山本玲子×牧野立雄『夢よぶ啄木、野をゆく賢治』洋々社）です。

これは実に素晴らしい指摘です。明治時代の日本にはまだこのような助け合いの暗黙の制度のようなものがあったのではないでしょうか。金田一のような学校や同郷の先輩たちが、こいつは才能がありそうだし本人も一生懸命頑張っていてモノになりそうだけど、どうもお金がなくてかわいそうな若者だ。それなら先輩である私がお金を援助してやろうというような男気《おとこぎ》が、一〇〇年以上前のまだ貧しかった日本社会にはあったのです。今のように、困《こま》ったらサラ金にでも行けばよい、と冷たく突き放す社会ではなかったと思うのです。そしてその人たちのほとんどは、返すのは出世払いでよいというような大らかな気持ちであったと思うのです。それが啄木にお金を貸した側の心理ではないかと思うのです。

『あこがれ』の刊行をめぐる援助

この一三七二円の借金とは別のことを、もう一つ書きたいと思います。それは啄木の第一詩集『あこがれ』の刊行をめぐるお金のことです。現在、多くの人が詩集や歌集や句集を出されていると思いますが、そのほとんどは自費出版であると思われます。しかし、満一九歳で刊行した啄木の第一詩集の『あこがれ』は自費出版ではありませんでした。スポンサーがきちんとついていたのです。

啄木は七七編ほどの詩を書くに及んで、詩集を刊行したいと思いました。そこで小田島《おだじま》という友人の一番上の兄が東京で出版社に勤めていることを知り、その兄に相談しますがうまくいきません。ところがその兄は、実は自分の弟が日露戦争に出兵するので、今まで貯《た》めたお金を誰かのために援助して使いたいと話していたことを伝えるのです。そこで啄木はこの小田島尚三《なおぞう》を説得して、三〇〇円という大金を援助してもらうことに成功します。そして小田島尚三の名は、『あこがれ』の裏扉《うらとびら》に発行人として記され、啄木の名と共にその名を残していくことになりました。

このように啄木は色々な人たちから、今で言えば「カンパ」というような感じで援助してもらっていたのでした。それもこれも周囲が啄木の才能を認めていたからだと思われます。借金をすることは決して良いことではありませんが、しかし、貸した方の側でそれほど不快な思いをしていないとすれば、それはそれで責められるものではないのではないかと私には思われます。

②働いていなかったという批判

それから次に、啄木は働いていなかったじゃないかという批判があります。それはこの「はたらけど／はたらけど猶《なほ》わが生活《くらし》楽にならざり／ぢつと手を見る」の歌があまりに有名になってしまったので、なに言ってやがるんだ、働いていなかったくせに、という反発が起こっているからだと思われます。

しかし、啄木は今日のニート（ＮＥＥＴ、教育、労働、職業訓練のいずれにも参加していない、若年《じゃくねん》無業者）のように働いていなかったわけではありません。きちんと働いていたのです。具体的に言いますと、啄木は大きく二つの職業についていました。一つは小学校の代用教員。もう一つが新聞社の記者や校正係です。前者の小学校の代用教員として、母校の渋民尋常高等小学校の尋常科（月給八円）でほぼ一年間勤め、さらに北海道の函館区立弥生尋常小学校（月給一二円）で三カ月間働いています。ですからほぼ一年三カ月ほどの教員体験があるということになります。

後者の新聞社勤務ですが、北海道時代には幾《いく》つもの新聞社を渡り歩いていました。一番長かったのが、小樽日報社（月給二〇円、後に二五円）で三カ月弱です。それから釧路新聞社（月給二五円）の二カ月半ほどでした。夏目漱石（月給二〇〇円）と柳田國男（月給三〇〇円）は朝日新聞社の契約社員などに、また芥川龍之介（月給一三〇円）は毎日新聞社の社員となっています。しかし、彼等は実際に新聞社に勤めながら新聞記者をやったわけではありませんで、自宅で小説や評論などの文章を書くことが仕事でした。それに対して啄木は現場に取材に行っては記事を書き、あるいは編集をするという新聞記者でした。そして啄木の立派なのは、自分が書いた記事のほとんどを切り抜き帳として保存していることです。小樽日報では九六編ほどあり、釧路新聞では編集長格でしたが、一〇〇編ほどあります。

その後、東京に行き朝日新聞社の校正係（月給二五円、夜勤手当一夜一円）に就職します。これは亡くなるまでの三年一寸行います。また校正をするとともに、現在も続いている朝日歌壇の初代選者になったり、文芸欄に色々な文章も掲載しています。

ですから、啄木の新聞社勤務は都合《つごう》三年半ほどになります。代用教員の期間と合わせると五年弱となりますので、二六年と二カ月の短い人生から考えますと、それなりに働いていたということがわかります。決して働いていなかったわけではなかったのです。ただ、『悲しき玩具』には、「途中にてふと気が変り、／つとめ先を休みて、今日も、／河岸《かし》をさまよへり。」などという歌があり、実際にサボることもあったようです。また短い晩年には、朝日新聞社に病気休職届けを出して社には行っていませんが、それはきちんと病気という理由があってのことでした。生涯にわたって、啄木は啄木なりに働いていたのだと私は思います。

③ 親不孝だったという批判

さらに啄木への批判に、あいつは親孝行なんかしていなかったじゃないかというものがあります。これは、こういう啄木短歌があまりにも有名になりすぎた結果だと思われます。つまり、「たはむれに母を背負《せお》ひて／そのあまり軽《かろ》きに泣きて／三歩《さんぽ》あゆまず」です。この歌が大変有名になり、そして啄木の人生も知られるようになると、何を歌ってるんだ、親孝行なんかしていなかったじゃないかというバッシングが起こっているのです。

それでは本当に啄木は親孝行をしていなかったのでしょうか。ところで、どの程度行っていることを親孝行と呼び、また逆に親不孝と言うのでしょうか。その判断は大変難しいように思われます。確かに啄木は、北海道の釧路時代や単身上京してからの一年半ほどは、家族の面倒をみなかったり義理の弟になる宮崎郁雨《いくう》に任《まか》せたりしていましたので、この期間については親の面倒は見ていません。そういう点で批判されても仕方がないと思います。

しかし、これ以外はどうでしょうか。それと父親と母親に対しては少し事情が異なっているように思います。父親の一禎《いってい》は、「かなしきは我《わ》が父！／今日も新聞を読みあきて、／庭に小蟻《こあり》と遊べり。」（『悲しき玩具』）と詠《よ》まれていますが、僧侶であった一禎は自由に家出をしてはあちこちのお寺に行きお世話になって生きることができるような独立心の強い人でした。そうだからと言って、父親の扶養はもちろん必要ないというのではありません。当時は長男が親の扶養をしなければならない時代でしたから。晩年の一禎は次女トラ夫妻のもとに身を寄せ四国で亡くなっていますので、当然のことですがやはり子供の支えを求めていたと言えるでしょう。ただ、啄木が生きている間に関しては、十分とは言えないにしてもこの父親の生き方もあり簡単に親不孝という言い方はできないように思います。

一禎（左）と葛原対月

　母親に対しては、朝日新聞社に勤務してから妻子とともに呼び寄せ、そして晩年を一緒に過ごし最期《さいご》を看取《みと》っています。この母親に対しても十分に親孝行をしていたとは決して言うことはできませんし、愛憎があったことは事実です。しかし、疎《うと》んじたままであったのかと言うと、必ずしもそうではないようです。それはなぜかと言うと、「たはむれに」の歌は『暇ナ時』という歌稿ノートが初出なのですが、その前後の歌に母を詠んだ歌が多くあります。そのすべてが母に対して今まで育ててくれて有り難うという感謝の歌ばかりなのです。具体的に挙げてみましょう。

母よ母このひとり児《ご》は今も猶《なほ》乳の味知れり餓《う》ゑて寝る時
我いまだ髯《ひげ》を生やさぬそのうちに老いたる親をかなしみて泣く
あたたかき飯《めし》を子に盛り古飯に湯をかけ給ふ母の白髪
母君の泣くを見ぬ日は我ひとりひそかに泣きしふるさとの夏

こんな感じで、母親に対して苦労をかけてごめんなさいというような感謝をしている歌なのです。もちろんこのことは、本書の第8章で記すように寺山修司の批判にもなっているのですが、しかし、それはそうとしても啄木には母親に対しての愛情があったということは事実であると思います。親孝行という点をどのように判断するのかは難しいと思いますが、啄木は啄木なりにやっていたんだと私には思われます。

2　短歌の世界

㈠ 一九〇八年（明治四一）に歌が爆発した

筑摩書房《ちくましょぼう》版『石川啄木全集　第一巻』では、啄木の生涯の短歌総数は四一二四首となっていますが、重複《ちょうふく》などもあり総数は四〇六七首とする説もあります。ただしこれは『一握の砂』五五一首と『悲しき玩具』一九四首を含めています。含めないと三三二二首です。

以下年度別に記します。

一九〇一年（明治三四）―五九首
一九〇二年（明治三五）―一七二首
一九〇三年（明治三六）―二七首
一九〇四年（明治三七）―三五首
一九〇五年（明治三八）―三二首
一九〇六年（明治三九）――一首

一九〇七年（明治四〇）――一四三首
一九〇八年（明治四一）――一五七六首
一九〇九年（明治四二）――一七八首
一九一〇年（明治四三）――六二〇首（『一握の砂』五五一首を含めると一一七一首）
一九一一年（明治四四）――四七七首
一九一二年（明治四五）――二首（『悲しき玩具』一九四首を含めると一九六首）

一九〇八年（明治四一）が一五七六首であり、驚くべきことに生涯の作歌数のほとんど半分近くに及んでいます。この中の「明治四十一年歌稿ノート　暇ナ時」の核になる六月二三日から二七日までの五日間で二六〇首と爆発的に歌が詠まれています。内面から自然発生的に生まれてくるものがあったことがわかります。それから以後ずっと連続的に歌が詠まれています。八月二九日の夜には八六首、九月一二日には四四首などというように、爆発的に歌われたことを示す歌がこの「歌稿ノート　暇ナ時」に載っています。そして一九〇八年の歌は、「心の花」五八首（七月号）、一九首（一二月号）、「明星」一一六首（七月号）、四〇首（八月号）、一〇二首（一〇月号）、五二首（一一月号）という具合に雑誌を中心に発表されました。

次に多いのは一九一〇年（明治四三）ですが、この年と前の一九〇八年とでは相違があります。それは一九〇八年が「歌稿ノート」に自然発生的かつ爆発的に歌が生まれ、それを雑誌に掲載していったということに対して、一九一〇年は「東京朝日新聞」に二五回で合計一二五首、「東京毎日新聞」に一五回で七五首という具合に新聞への掲載がほぼ規則的にあり、そのために歌を詠んでいるという感じなのです。ですから内面からくる衝動に任せて爆発的に詠んでいるというわけではないと思われます。

なぜ一九〇八年なのか

それではなぜ一九〇八年に爆発的に歌が詠まれたのでしょうか。それはこの年に北海道から上京して小説家になろうと決心し、五月から一カ月ほどで四〇〇字詰め原稿用紙で三〇〇枚ほど小説を書き、それを森鷗外や金田一京助を通じて売り込むのですが、結局まったく原稿料にはなりませんでした。そこで六月二二日、奇怪なイメージで夢のような「白い鳥、血の海」などの散文詩を書いているうちに、六月二三日の夜から啄木の中で段々短歌が噴き出してきます。

おそらく自らの挫折感のようなものを表現するのに、小説や散文詩のようなものではなく慣れ親しんでいた五七五七七のリズムが自然に体の中から噴き出てきたのでしょう。この短歌の爆発的で即興的な出詠は、啄木に短歌は気取ることなく自分の目線で歌っていくという態度を与えたと思われます。また、小説のような大きな器ではなく、三十一文字《みそひともじ》という小さな器に自分の気持ちを託すということの素晴らしさを再認識させたとも考えられます。

(二)五五一首のドラマ『一握の砂』

極めて意識的な構成を読み解く

一九一〇年（明治四三）に刊行された『一握の砂』は既に一〇〇年以上経ていますが、未《いま》だに多くの人に読みつがれ愛されています。その魅力は一体どこにあるのか、構成面や物語性などという面から考えてみたいと思います。まずは構成面からです。

皆さんは歌集や句集や詩集を出されたとき、あるいはこれから出される時に、どういう編集をされるのでしょうか。おそらく一番多いのは発表された順に編集するという手法でしょう。これはその人の成長過程なども見られますので、わかりやすいと思われます。例えば、高村光太郎の詩集『道程』などがこの手法を使っています。

しかし、そうではなく徹底的に編集することにより、一つの宇宙を作り上げてそこに新たなメッセージを込めるという手法もあります。『一握の砂』は徹底的に編集しなおして、そこに新たな魂《たましい》を宿らせ物語を作っています。それは五章という構成面にもなされています。啄木の編集過程を解き明かした論文は数多くありますが、その中でも出色《しゅっしょく》なのは今井泰子《やすこ》の「啄木における歌の別れ」（『日本文学』昭和四二年八月）です。

この論文で、今井は五章の歌が作られた時期に注目しています。結論だけを示しますと、一、二、五章の非回想歌の七四％は、出版の契約前につくられた基調となる歌です。それに

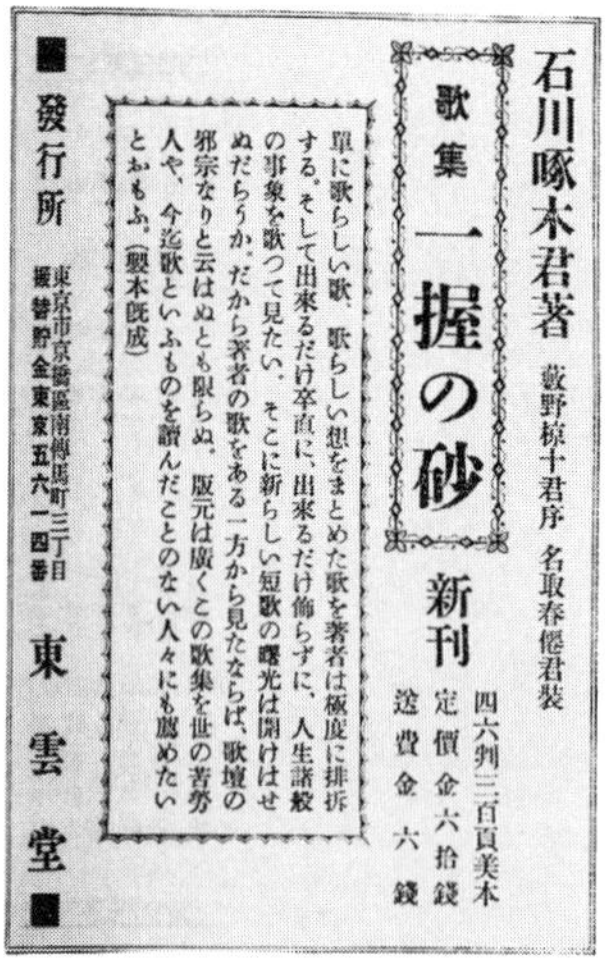

石川啄木君著

藪野椋十君序　名取春僊君裝

歌集　一握の砂

新刊

四六判三百頁美本　定價金六拾錢　送費金六錢

單に歌らしい歌、歌らしい想をまとめた歌を著者は極度に排斥する。そして出來るだけ卒直に、出來るだけ飾らずに、人生諸般の事象を歌つて見たい。そこに新らしい短歌の曙光は開けはせぬだらうか。だから著者の歌をある一方から見たならば、歌壇の邪宗なりと云はぬとも限らぬ。販元は廣くこの歌集を世の苦勞人や、今迄歌といふものを讀んだことのない人々にも薦めたいとおもふ。(製本既成)

發行所　東京市京橋區南傳馬町三丁目　振替貯金東京五六一四番　東雲堂

啄木文案を書いた『一握の砂』広告

『一握の砂』表紙

対して、回想歌の二、四章は、契約前の歌が二一％しかなく、契約後の短い日々のなかで作られた歌が七九％に及んでいるということです。今井はこれを派生的、装飾的一群と考えています。

今井のこの指摘からだけでも、啄木が五章構成に強弱をつけていたことがわかります。また、日本人の心理の中に一般的に五つの数字を並べた場合には、その五つの順番に一定のイメージが含まれているのではないでしょうか。いわゆる五対五で行うスポーツ、例えば剣道とか柔道とか相撲《すもう》です。皆さんが監督やコーチであったら五人のメンバーのどこに主将や副将を配置するでしょうか。

もちろん奇策もあるでしょうが、ごく一般的に考えれば主将や一番要《かなめ》になっている人は、普通最初かあるいは最後の抑《おさ》えに使います。また副将か二番目に強い人も同じで、最初か最後です。三番めに強い人はやはり真ん中ではないでしょうか。そして五人の中でも少し弱いと感じる人は、二番か四番に配置するのではないでしょうか。そうだとすると、一と五に中心があり、むしろ二と四は中心にはないと考えることもできます。

感傷的な回想歌が目的の歌集ではなかった

このように啄木は五章という構成に大きな意味をつけていたのでした。つまり『一握の砂』

の中心はあくまでも、一章の「我を愛する歌」(一五一首)と五章の「手套《てぶくろ》を脱ぐ時」(一一五首)にあることになります。一章には自己哀惜《あいせき》を詠んだ歌が配置されています。そして五章には、都会の日常生活を詠んだ歌が配置されています。さらに三章めの「秋風のこころよさに」(五一首)には、秋の自然詠を詠んだ歌が収められています。次に一、三、五章の私の好きな歌を挙げてみます。

あたらしき背広など着て/旅をせむ/しかく今年も思ひ過ぎたる(一章)
友がみなわれよりえらく見ゆる日よ/花を買ひ来て/妻としたしむ(一章)
父のごと秋はいかめし/母のごと秋はなつかし/家持たぬ児《こ》に(三章)
京橋の滝山町の/新聞社/灯《ひ》ともる頃のいそがしさかな(五章)
真白《ましろ》なる大根の根の肥ゆる頃/うまれて/やがて死にし児《こ》のあり(五章)

このような歌は、みな現在の心境を詠んでいる内容です。ところが二章の「煙(一)・(二)」(一〇一首)は、一が盛岡中学校時代の回顧、二が故郷渋民時代の回顧なのです。さらに四章の「忘れがたき人人(一)・(二)」(一三三首)の、一は北海道時代の回顧であり、二は北海道時代に出会った女性への相聞《そうもん》(親しい人と消息を尋ねあうこと。特に恋人などとの)なのです。次に二、四章の私の好きな歌を挙げてみます。

己《おの》が名をほのかに呼びて／涙せし／十四《じふし》の春にかへる術《すべ》なし（二章）

かにかくに渋民村は恋しかり／おもひでの山／おもひでの川（二章）

函館の青柳町こそかなしけれ／友の恋歌／矢ぐるまの花（四章）

世の中の明るさのみを吸ふごとき／黒き瞳《ひとみ》の／今も目にあり（四章）

このように二章と四章は、感傷的な回想歌で占められています。しかし、啄木が訴えたかったのはこれらの章ではないということは既に記した通りです。ところが本章の㈣「教科書に採用された啄木短歌」に記すことになりますが、『一握の砂』の中学校・高校の教科書の受容史をみますと、とりわけ戦前においてはこの望郷で感傷的な二章めの歌が中心だったのです。ですから『一握の砂』は望郷で感傷的な歌集なのだというイメージが定着してしまったのですが、しかし、これは必ずしも啄木が望んだことではなかったのです。

癒《いや》しと再生の物語

短歌は一首一首の魅力が素晴らしいのはその通りですが、しかし、それとともに何首かまとめて一つの物語を作り出すところにも魅力があります。実は啄木も『一握の砂』にその手法を取り入れているのですが、ところが尾上柴舟《おのえさいしゅう》の「短歌滅亡私論」に反論しつつ書いた短歌論「一利己主義者《いちりこしゅぎしゃ》と友人との対話」(「創作」明治四三年一一月)では、そういうやり方を批判的に記しています。

近頃の歌は何首かあるいは何十首を全体としてみる傾向になってきたが、それなら最初から分解しないで一つにしたら良いではないかという柴舟の意見に対して、啄木は「きれぎれに頭に浮んで来る感じを後《あと》から後からときれぎれに歌つたつて何も差支《さしつか》へがないぢやないか。一つに纏《まと》める必要が何処《どこ》にあると言ひたくなるね」と反論しています。

つまり、啄木は結果的に「連続はしてゐるが初めから全体になつてゐるのではない」という考え方を示しています。あくまでも結果的にそのような物語ができたのであり、それを意図していたのでなければ良いということなのでしょう。しかし、最終的に一つの物語になっているのに変わりはありません。『一握の砂』にはそのような物語が大きく三つあります。

まず一つめは冒頭の一四首の、海と砂浜を背景にもう一度生きる決心をした男の癒しと再生の物語です。最初の一〇首を次に記してみます。

①東海の小島の磯の白砂《しらすな》に/われ泣きぬれて/蟹《かに》とたはむる

②頬《ほ》につたふ／なみだのごはず／一握の砂を示しし人を忘れず
③大海《だいかい》にむかひて一人／七八日《ななやうか》／泣きなむとすと家を出《い》でにき
④いたく錆《さ》びしピストル出でぬ／砂山の／砂を指もて掘りてありしに
⑤ひと夜さに嵐来《き》たりて築きたる／この砂山は／何の墓ぞも
⑥砂山の砂に腹這《はらば》ひ／初恋の／いたみを遠くおもひ出づる日
⑦砂山の裾によこたはる流木《りうぼく》に／あたり見まはし／物言ひてみる
⑧いのちなき砂のかなしさよ／さらさらと／握れば指のあひだより落つ
⑨しつとりと／なみだを吸へる砂の玉／なみだは重きものにしあるかな
⑩大といふ字を百あまり／砂に書き／死ぬことをやめて帰り来《き》たれり

①で、泣き濡《ぬ》れて蟹とたわむれている「われ」が登場し、②でこの男は傍目《はため》も気にせずに涙を流しています。③で、彼は大海に向かって一人で長い間泣こうとして家を出てきました。その男の脳裏を去来《きょらい》するのは、④のピストルや⑤の墓という言葉から、自殺の誘惑《ゆうわく》であることが暗示されます。しかし自分の人生を振り返った時に、そんな男にも⑥のように初恋のあったことが思い出されます。

そして⑦で、彼は流れてきた木に向かって苦しい胸のうちを独白していきます。独白しているうちに、重苦しい心が段々晴れていきます。⑧で砂を握ってみると砂時計のようにこぼれ落ちます。人の命は有限であり一度きりです。死んだら終わりであるし、いつでも死ぬことはできます。そう思うと、死のうなどと思った自分が哀れで自然と涙がこぼれてきます。それが⑨です。そして、この涙を流した体験は決して無駄《むだ》ではなかった。これを心の支えにしながら生きていこう。砂に「大」という字を百あまり書いて自らを鼓舞《こぶ》し勇気を出して生きてみようと決心し、死ぬことをやめて家に帰ることにしたのでした。

さて、自殺の誘惑にかられながら、それを振り切りもう一度生きることを決心した男の脳裏を満たしていたものは、一体何だったのでしょうか。それが次の四首に詠まれています。

⑪ 目さまして猶《なほ》起き出でぬ児《こ》の癖は／かなしき癖ぞ／母よ咎《とが》むな
⑫ ひと塊《くれ》の土に涎《よだれ》し／泣く母の肖顔《にがほ》つくりぬ／かなしくもあるか
⑬ 火影《ほかげ》なき室《しつ》に我あり／父と母／壁のなかより杖つきて出《い》づ
⑭ たはむれに母を背負ひて／そのあまり軽《かろ》きに泣きて／三歩《さんぽ》あゆまず

この四首にすべて「母」が詠まれています。「海」という漢字を分解しますと「母」という漢字が入っていますから、海から母が連想されるのは容易なことと思われます。もう一度生きる決心をした男が母のことを思い出すのは、「母胎回帰《ぼたいかいき》」あるいは「胎内回帰《たいないかいき》」のような構成になっているという指摘（岩見照代「『一握の砂』の成立―冒頭十首をめぐって―」「近代文学研究」創刊号、昭和五九年一〇月）がありますが、うまい表現だと思います。一回死を経験し生まれ変わって出直すというイメージがこの一四首の構成から伝わってきます。

もちろん最初から、啄木はこのような物語を構想してこの一四首を詠んでいたわけではありませんでした。『一握の砂』を編集する過程で、このイメージにつながる過去の歌をつなげていったのです。その物語にうまくつながらない場合は、その場で大室精一《おおむろせいいち》が指摘するように「つなぎ歌」（「やはらかに降る雪―〈つなぎ歌〉としての『一握の砂』453番歌―」「国際啄木学会研究年報」平成一二年三月。あるいは「むかしながらの太き杖―〈つなぎ歌〉としての『一握の砂』190番歌―」「佐野国際情報短期大学研究紀要」一一号、平成一二年三月など）を詠んで、つないでいたのでした。

黒き瞳《ひとみ》の女性をめぐる物語

二つめの物語は、第四章の「忘れがたき人人（二）」の二二首すべてです。この二二首はすべて一人の女性に捧《ささ》げられた相聞《そうもん》になっていることは、啄木自身が吉野章三《しょうぞう》宛書簡（明治四三年一〇月二二日）や、橘《たちばな》智恵子《ちえこ》宛書簡（明治四三年一二月二四日）に記しているこ

橘智恵子

とです。

その女性とは、函館弥生尋常小学校の代用教員をしていたときの同僚の訓導《くんどう》（旧制小学校の正教員のこと）の橘智恵子です。まさに智恵子に、あなたのことを詠んだのですよと記しているのです。この二人はまったく純粋な関係であり、啄木が函館を去って以後会うことはなく、上京してからは手紙のやりとりをしています。智恵子はその後牧場主と結婚しますが、産褥熱《さんじょくねつ》のために三四歳で亡くなりました。「忘れがたき人人（二）」にある二二首の短歌はすべて彼女を詠んだものですが、八首を取り上げてみます。上の番号はその順番です。

①いつなりけむ／夢にふと聴きてうれしかりし／その声もあはれ長く聴かざり

⑤世の中の明るさのみを吸ふごとき／黒き瞳《ひとみ》の／今も目にあり

⑪山の子の／山を思ふがごとくにも／かなしき時は君を思へり

⑭君に似し姿を街に見る時の／こころ躍《をど》りを／あはれと思へ

⑱死ぬまでに一度会はむと／言ひやらば／君もかすかにうなづくらむか

⑳わかれ来て年を重ねて／年《とし》ごとに恋しくなれる／君にしあるかな

㉑石狩《いしかり》の都の外の／君が家／林檎《りんご》の花の散りてやあらむ
㉒長き文《ふみ》／三年《みとせ》のうちに三度《みたび》来ぬ／我が書きしは四度《よ》にかあらむ

全体の物語は以下のようになっています。私は流離《りゅうり》の旅の人であった時に、一人の女性と出会いました。その女性は私の夢にふと現れます。黒い瞳が印象的で、世の中の明るさのみを吸っているような方でした。今の私は都会に住んであくせくと暮らしています。家庭や仕事、そして執筆の苦悩などを抱えてもの悲しくなる時は、あなたを思い出して慰《なぐさ》めを見出しています。喧噪《けんそう》に満ちた都会の中で、あなたに似た姿を見た時は、もう本当に心躍《おど》りがします。

時折あなたのことを思い出すのは、誰のためでもなく私自身が慰めや癒しを得たいからなのでしょう。あなたのことを思うとほっとします。そのくらい私は都会生活に疲れています。しみじみと話すことなどできたらどんなに良いことでしょう。死ぬまでに一度は会いたいと言ったらあなたはうなずいてくれるでしょうか。会わなくなる年が多くなるだけ恋しくなっていくあなたなのです。

あなたが住む石狩《いしかり》の郊外の家には林檎《りんご》の花がもう散っていることでしょうか。島崎藤村の「初恋」の詩のように、林檎の木の下を一緒に歩きたいものです。アダムとイブのような感じで。長い手紙を三年のうちに三回いただきました。私は四度書きましたけれど。

ざっとこのような物語になっています。「私」の方が一方的に「君」を思っていますが、しかし、そのように思うことによって、都会に生きる息苦しさを一瞬でも和《やわ》らげることができるということが重要なのです。

死にし児《こ》を抱く物語

三つめの物語は、『一握の砂』の最後に置かれた八首で、長男真一《しんいち》の死を詠んだ挽歌《ばんか》（人の死を悼んで詠む詩歌）です。

①夜おそく／つとめ先よりかへり来て／今死にしてふ児《こ》を抱《だ》けるかな
②二三《ふたみ》こゑ／いまはのきはに微《かす》かにも泣きしといふに／なみだ誘《さそ》はる
③真白《ましろ》なる大根の根の肥ゆる頃／うまれて／やがて死にし児のあり
④おそ秋の空気を／三尺四方《さんじやくしはう》ばかり／吸ひてわが児の死にゆきしかな
⑤死にし児の／胸に注射の針を刺す／医者の手もとにあつまる心
⑥底知れぬ謎に対《むか》ひてあるごとし／死児《しじ》のひたひに／またも手をやる
⑦かなしみの強くいたらぬ／さびしさよ／わが児のからだ冷えてゆけども
⑧かなしくも／夜明《よあ》くるまでは残りゐぬ／息きれし児の肌のぬくもり

物語は以下のようになっています。私は夜勤のために帰宅が遅くなりました。生まれたばかりの長男真一がたった今亡くなったことを知り、びっくりして抱《だ》きしめました。妻は死ぬ間際に小さく二三声泣きましたと話しましたが、それを聞くにつけても涙がこぼれることです。真一は真っ白な大根の根が丁度肥える秋に生まれ、そしてわずか二四日で亡くなってしまいました。生きている間に、遅い秋の空気を三尺四方ばかり吸って亡くなってしまいました。

死に際に立ち会っていた医師が、既に心肺停止の状態で死の宣告をしたにもかかわらず、もう一度生き返らないものかと胸に注射をしましたが、そこにいた皆がそういう気持ちを込めて医者の手元を見つめるのでした。

それにしても人が死ぬというのは、一体どういうことなのでしょうか。名前をつけたとはいえ、生まれたばかりでまったく話すこともできないまま死んでいくというのは一体どういうことなのでしょうか。死児《しじ》の額《ひたい》に手をやるとまだ体温が残っているのです。体温は少しずつ下がっていくのですが、しかし、どうしても死を認めることができず、謎としてしか考えられないので、悲しみは強く襲ってこないのでした。

医者は帰って行きました。残された家族は死んだ子の通夜《つや》をしますが、誰も多くを語ろうとはしません。段々と夜が明けてきました。私はもう一度死んだ子供の肌にそっと触《さわ》ってみましたが、まだかすかな温《ぬく》もりが感じられました。この子はこの世への未練や執着《しゅうちゃく》があるのでしょうか。死という事実を受け入れていないのではないでしょうか。いや受け入れていないのは私の方なのかもしれません。しかし、亡くなったのです。そう思うと一層不憫《ふびん》さが増して悲しくなるのでした。

このように『一握の砂』は何首かのまとまりによって、新たな物語を生み出していたのでした。

三 死後の刊行『悲しき玩具』

成立過程の秘密

『一握の砂』は刊行まですべて啄木の意思通りになされたものですが、ところが第二歌集の『悲しき玩具』はそうではありませんでした。と言いますのも、完成間際に啄木が亡くなってしまったからです。

もっと言いますと、このタイトルの『悲しき玩具』という名前すら、啄木の意図していたものではなかったのです。つまり、啄木は亡くなる一週間前（明治四五年四月八日）に、親友の土岐哀果《ときあいか》（本名は善麿《ぜんまろ》で、当時読売新聞社の記者）に、東雲堂《とううんどう》に持っていってほしいと原稿を渡しました。その時のタイトルは『一握の砂以後』というものでした。内容も短歌一九二首と「歌のいろ〳〵」などのエッセイを入れていました。

ところが啄木は、原稿を渡した一週間後の四月一三日に亡くなってしまいます。その後、土岐は大きく言うと二つの変更をしました。一つが本のタイトルです。『一握の砂以後』ではあまりにそっけないと思ったのかもしれません。「歌のいろ〳〵」の中に、「歌は私の悲しい玩具である」という表現があります。当時の啄木にとっては、文学よりも生活の方が大切でした。ですから、短歌なんか直接生活にかかわらない玩具《がんぐ》のようなものだというつもりであったと思われます。土岐はここから『悲しき玩具』と題名をつけました。

もう一つの変更点があります。それは啄木が選んだ一九二首の他に、土岐が好きな啄木短歌を二首付け加え冒頭に置いたことです。

　呼吸《いき》すれば、
　胸の中《うち》にて鳴る音あり。
　凩《こがらし》よりもさびしきその音！

眼閉《と》づれど、
心にうかぶ何もなし。
さびしくも、また、眼をあけるかな。

このようにして出来上がったのが、今、私たちが一般的に読んでいる『悲しき玩具』という歌集なのです。これでは啄木の意図と異なっているから、啄木の意図通りに戻そうということで、近藤典彦《のりひこ》編『復元 啄木新歌集 一握の砂以後（明治四十三年十一月末より）仕事の後』（桜出版）が刊行されました。ぜひ比較のためにもこの本を読んでいただきたいと思います。しかし、百年も読みつがれてきた歌集のイメージを変えるのはなかなか容易なことではありません。

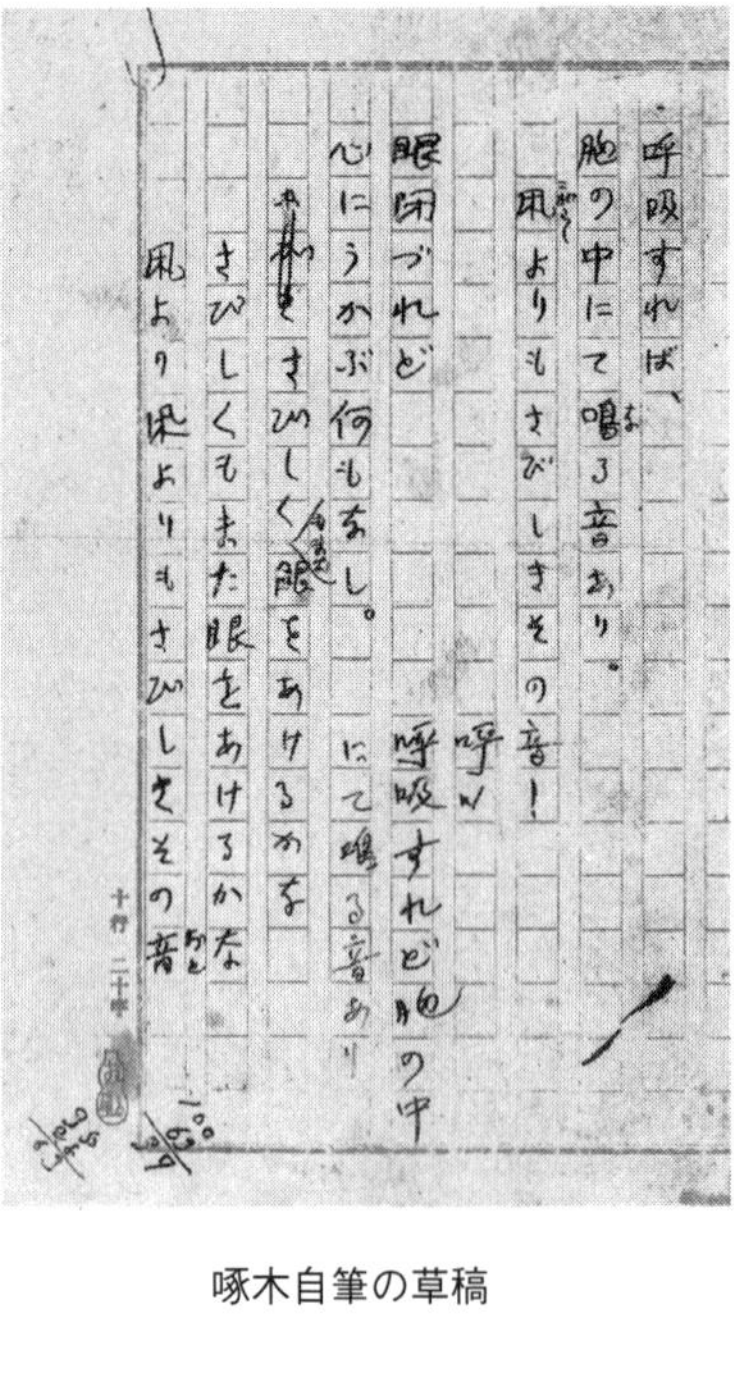

啄木自筆の草稿

ＴＶ「世界ふしぎ発見」のクイズ

少し余談になりますが、現在も続いているＴＢＳの「世界ふしぎ発見」という草野仁《ひとし》司会の長寿番組があります。一〇数年前のこの番組で、石川啄木をテーマにしたことがありました。クイズで構成された番組ですので、何問かのクイズが出されます。その一つを当時早稲田大学の先生で、今も朝日新聞歌壇の選者をしている佐佐木幸綱《ささきゆきつな》が出しました。

それはこんな質問でした。「『一握の砂』と『悲しき玩具』とでは、技法的に大きく変わった点があります。それは一体どういう点でしょうか」というものでした。答えは前の節で示した『悲しき玩具』の冒頭の二首をよく見れば簡単です。例えば「呼吸すれば、(読点)／胸の中にて鳴る音あり。(句点)／凩よりもさびしきその音！(感嘆符)」というように、『一握の砂』にはなかった句読点（。）（、）や感嘆符（！）疑問符（?）、ダッシュ（—）、さらに字下げやカギ括弧（「」）二重かぎ（『』）があることです。

そして字余り（五七五七七の三十一文字ではなく、字数が多くなっている）が大変多くなっています。具体的なパーセントで言いますと、『悲しき玩具』では七五％が字余りになっています。ちなみに『一握の砂』は三九％です。これも多い方ですが、しかし、『悲しき玩具』の方は極端に多くて、三分の一が字余りになっています。

皆さんの中で啄木短歌は口語短歌だと思っている人がいるかもしれませんが、もちろん文語短歌です。しかし、これだけ字余りが多いとスラスラと読めてしまいますので、口語調と呼んでいるのです。正確には文語短歌なのです。

病と社会性

さらに内容的な面で『一握の砂』と異なっている点があります。その一つは病に関する歌で、もう一つは社会性に関する歌が多くなったことです。なぜ病の歌が多くなったのかと言いますと、啄木自身が一九一一年（明治四四）二月四日から三月一五日までのおよそ四〇日間ほど、東京帝国大学医科大学附属病院三浦内科に慢性腹膜炎《ふくまくえん》で入院していたためでした。例えば次のような歌があります。

今日もまた胸に痛みあり。
死ぬならば、
ふるさとに行きて死なむと思ふ。

ふくれたる腹を撫《な》でつつ、

病院の寝台《ねだい》に、ひとり、
かなしみてあり。

また、社会性に関する歌では次のようなものです。

「労働者」「革命」などいふ言葉を
聞きおぼえたる
五歳の子かな。

百姓の多くは酒をやめしといふ。
もつと困《こま》らば、
何をやめるらむ。

このような歌が多く歌われているのが、『悲しき玩具』なのです。

㈣ 教科書に採用された啄木短歌

教科書での出会い

皆さんは、啄木短歌といつどのような機会に出会ったのでしょうか。私は高校の国語の授業で、啄木短歌を読んだのが啄木を意識した最初であったように思います。もちろんその時に啄木の研究者になろうなどと思ったわけではまったくありません。

私の高校時代の国語教師は、まだ大学を出たばかりの若い女性の先生でしたが、「やはらかに柳《やなぎ》あをめる／北上《きたかみ》の岸辺《きしべ》目に見ゆ／泣けとごとくに」の歌の解説の時に、「皆さんここに線を引いて下さい。やはらかにのや、柳あおめるのや、そして北上のき、岸辺目に見ゆのきです。ほら、や・や、き・き、と韻《いん》を踏んでいるでしょう。だから啄木の短歌はリズミカルなんですよ」と。

その時「なるほど」と思ったのですが、それを四〇年近くたった今も鮮明に覚えているのですから不思議なものです。しかし、これ以外の記憶はほとんどありません。ただ、教科書の啄木短歌を通して「石川啄木」という名前と、その薄幸《はっこう》な人生というイメージが刻みつけられ、リズミカルに東北の春を、鮮烈にそして少し感傷的に歌う歌人というイメージを持ちました。

啄木ゆかりの土地に生まれたとか、あるいは親が短歌や文学に関心を持っているというような環境に生まれ育った人でない限り、多くの人は教科書で啄木と出会うというのが最初なのではないでしょうか。そういう意味で、中学校や高校の国語教科書に啄木短歌が掲載されているのは大きな意味があるのです。

旧制中学校国語教科書の啄木短歌

戦前の旧制中学校における大規模な短歌の調査については、「教科書採録短歌ニ関スル調査」(「大日本歌人協會月報臨時號」、昭和一四年七月)があります。この調査の中から、さらに啄木短歌の分析については、加藤将之《まさゆき》の「中等教科書の短歌」(「短歌研究」改造社、昭和一四年一〇月)に掲載されています。

この「教科書採録短歌ニ関スル調査」は、何と一九三九年(昭和一四)までの新教授要目準拠の検定済国語読本五一種類、五一〇冊が調査対象になっています。歌人の数は一一二名にも及び、ほとんどが明治以後の歌人です。また、作品の種類は一四九一首であり、何冊もの教科書に重複されている作品もあり、それらの延《の》べ短歌数は二八四二首です。その数の多い順に示します。

①石川啄木（二九二回）②若山牧水《ぼくすい》（二〇四回）③斎藤茂吉（一七六回）④島木赤彦（一四二回）⑤佐佐木信綱《のぶつな》（一四一回）⑥正岡子規《しき》（一四〇回）⑦北原白秋《はくしゅう》（一三三回）⑧長塚節《ながつかたかし》（一一四回）⑨尾上柴舟《おのえさいしゅう》（一〇六回）⑩伊藤左千夫《さちお》（九九回）

圧倒的な差で啄木がトップになっています。ちなみにどのような教科書が啄木を一番多く掲載しているのか、そのいくつかを挙げてみましょう。『帝國新國文』（藤村作編、帝國書院、昭和七年）、『女子新國文』（芳賀矢一・橋本進吉編、冨山房、昭和一二年）、『大日本讀本』（高木武編、冨山房、昭和一三年）など、一六冊あります。

それでは、どのような短歌が掲載されていたのでしょうか。多い順に記します。

① ふるさとの訛《なまり》なつかし／停車場《ていしゃば》の人ごみの中に／そを聴きにゆく（一八回）
② たはむれに母を背負ひて／そのあまり軽《かろ》きに泣きて／三歩《さんぽ》あゆまず（一七回）
③ 汽車の窓／はるかに北にふるさとの山見え来れば／襟《えり》を正すも（一五回）
④ 馬鈴薯《ばれいしょ》のうす紫の花に降る／雨を思へり／都《みやこ》の雨に（一五回）

⑤ふるさとの山に向ひて／言ふことなし／ふるさとの山はありがたきかな（一三回）
⑤まれにある／この平《たひら》なる心には／時計の鳴るもおもしろく聴く（一三回）
⑦東海の小島の磯《いそ》の白砂《しらすな》に／われ泣きぬれて／蟹《かに》とたはむる（一三回）
⑧ふと思ふ／ふるさとにゐて日毎《ひごと》聴きし雀《すゞめ》の鳴くを／三年《みとせ》聴かざり（一〇回）
⑧わかれをれば妹《いもと》いとしも／赤き緒《を》の／下駄《げた》など欲しとわめく子なりし（一〇回）
⑩かにかくに渋民村《しぶたみむら》は恋しかり／おもひでの山／おもひでの川（九回）
⑩その昔／小学校の柾屋根《まさやね》に我《わ》が投げし鞠《まり》／いかにかなりけむ（九回）

一一首すべて、『一握の砂』に収録された歌です。さらに②の「たはむれに」、⑤「まれにある」、⑧「ふと思ふ」の三首は、第一章「我を愛する歌」からですが、それ以外の七首はすべて第二章「煙（二）」から採られています。この「煙」の章は「一」が盛岡中学時代の回顧であり、「二」は故郷渋民の回顧の歌です。

つまり、望郷の歌が圧倒的に多いということです。戦前の教科書に掲載されたのは望郷の歌と、②の「たはむれに」の親孝行をするような歌が中心で、しかもこれらはすべて感傷的なものになっています。従って、戦前の国語教科書の啄木短歌を読んだ学生たちの多くは、啄木短歌は感傷的な望郷や親孝行を歌った歌人というイメージを持ったことと思われます。

新制小中学校・高校国語教科書の啄木短歌

戦後の新制中学校・高校の教科書に掲載された短歌に関しては、様々な調査があります。短歌研究社の編集部が、小学校・中学校・高等学校の教科書に於て採用されている短歌で、一九七八年（昭和五三）度と次年度使われる一三社の教科書を調査しています。その調査は「教科書に採られている短歌一覧」（「短歌研究」短歌研究社　昭和五三年一一月）として掲載されています。まずその歌人の掲載順位とその数を記します。

①斎藤茂吉（八四首）②与謝野晶子《よさのあきこ》（五〇首）③石川啄木（四三首）④釈　迢空《しゃくちょうくう》（四三首）⑤宮柊二《みやしゅうじ》（三四首）⑥北原白秋（三三首）⑦若山牧水（三〇首）⑧正岡子規（二七首）⑨島木赤彦（二七首）⑩伊藤左千夫（二四首）

戦後の一九七八、七九年になりますと、採用された歌人の順番も戦前とは変わってきます。一番多くなったのは斎藤茂吉です。それから啄木が傾倒した与謝野晶子が二番目に入っています。戦前には、一〇番以内にいなかった女性歌人が二番めに入っているのです。そして三番目が啄木でした。掲載された啄木短歌も戦前とは大きく変化します。二三首が採用されていますが、多い順に一一首記してみます。

①やはらかに柳あをめる／北上の岸辺目に見ゆ／泣けとごとくに（五首）
②いのちなき砂のかなしさよ／さらさらと／握れば指のあひだより落つ（四首）
②不来方《こずかた》のお城の草に寝ころびて／空に吸はれし／十五の心（四首）
④こころよく／我にはたらく仕事あれ／それを仕遂《しと》げて死なむと思ふ（三首）

これ以下はすべて二首の採用です。

⑤はたらけど／はたらけど猶《なほ》わが生活《くらし》楽にならざり／ぢつと手を見る
⑤友がみなわれよりえらく見ゆる日よ／花を買ひ来て／妻としたしむ
⑤病のごと／思郷《しきやう》のこころ湧《わ》く日なり／目にあをぞらの煙《けむり》かなしも
⑤ふるさとの山に向《むか》ひて／言ふことなし／ふるさとの山はありがたきかな
⑤何となく、／今年はよい事あるごとし。／元日の朝、晴れて風無し。（『悲しき玩具』）
⑤新しき明日《あす》の来《きた》るを信ずといふ／自分の言葉に／嘘はなけれど——（『悲しき玩具』）
⑤しらしらと氷かがやき／千鳥《ちどり》なく／釧路《くしろ》の海の冬の月かな

驚くべきことですが、戦前の旧制中学校に掲載された短歌とまったく異なっているのです。戦前と重なっているのは、⑤「ふるさとの山に向ひて」の一首のみです。後はすべて異なっています。そして戦後になりますと、一一首の中の二首が『悲しき玩具』から採用されているのです。

戦前の旧制中学校に掲載された歌は、『一握の砂』の中でも第二章の望郷歌を収めた「煙」からが圧倒的に多かったのですが、戦後になりますと一一首の中に「煙」から四首、「我を愛する歌」から五首となって逆転しています。

もちろん「煙」の章の感傷的な望郷歌がないわけではありませんが、中心になっているのはそのような歌ではありません。私の高校の時の国語の授業がそうであったように、①「やはらかに」のリズムを重視した教え方ができる歌、②「いのちなき」のように命を愛おしむ歌、②「不来方の」のように一五歳の遙《はる》かな夢を託した歌、④「こころよく」や⑤「はたらけど」のように労働に関する歌、「何となく」や「新しき明日の」のような明日への希望を感じさせる歌に変化しているのです。

現代の国語教科書の啄木短歌

より新しい現代の国語教科書に掲載された啄木短歌は、どうなっているのでしょうか。飛鳥勝幸の「教科書における啄木短歌」（「国文学」至文堂《しぶん》、平成一六年二月）の調査があります。一九九九年度（平成一一）と二〇〇三年度（平成一五）が対象になっています。まず、採用された歌人の順番です。

①石川啄木　②斎藤茂吉　③与謝野晶子　④北原白秋　⑤若山牧水

啄木がトップになっています。ちなみに一〇番まで記しますと、⑥寺山修司、⑦正岡子規、⑧近藤芳美《よしみ》、⑨俵万智《たわらまち》、⑩河野裕子《かわのゆうこ》の順でした。一〇番までに女性歌人が三人含まれていますが、これからは、もっともっと女性歌人が多くなっていくのではないかと思われます。それでは啄木短歌の掲載順を記します。

①不来方《こずかた》のお城の草に寝ころびて／空に吸はれし／十五の心
②友がみなわれよりえらく見ゆる日よ／花を買ひ来て／妻としたしむ
③やはらかに柳あをめる／北上の岸辺目に見ゆ／泣けとごとくに
④いのちなき砂のかなしさよ／さらさらと／握れば指のあひだより落つ
⑤たはむれに母を背負ひて／そのあまり軽《かろ》きに泣きて／三歩《さんぽ》あゆまず

⑤ はたらけど／はたらけど猶《なほ》わが生活《くらし》楽にならざり／ぢつと手を見る

⑤が二つあるのは、年度により異なっているからです。六首すべて『一握の砂』からです。そして戦後の特徴である、第一章「我を愛する歌」が第二章の「煙」よりも多いのも同じです。いずれも戦後に多く採用された歌であり、順位が異なっているだけです。ただし「はたらけど」の歌は今までにはなかったものです。バブル期（一九八六年〈昭和六一〉一一月～一九九一年〈平成三〉二月）崩壊後の、暗い日本の経済状況が反映しているのかもしれません。このように啄木短歌は、小・中・高校の国語教科書に掲載されることにより、多くの人々に知られるようになったのでした。

㈤ 若者と年輩者の好み

戦前と戦後の小・中・高校の国語教科書に掲載された、啄木短歌の受容について記しましたが、そこに相違があるのが興味深く思われます。さらに啄木短歌は世代によっても、また男女によってもその受容が異なっています。

余談になりますが、啄木没後一〇〇年にあたる二〇一二年（平成二四）に、宮沢賢治研究者の三上満《みかみまん》と対談したことがあります。その時主宰者《しゅさいしゃ》の方が興味深いことを話されました。賢治で講演会を開くと圧倒的に女性の聴講者が多いが、啄木で行うと男性の人も来るというのです。理由はよくわかりません。もしかすると啄木には「ローマ字日記」の中の買春体験の記述や、借金魔とか親不孝という悪いイメージがあるからなのかもしれません。あるいは、啄木の方が強権と闘うという雄々《おお》しさや社会性や思想性が強いからなのでしょうか。もっとも私は啄木を中心に研究していますが、賢治も好きですしゼミなどでも取り上げています。

俵万智と年輩者の好み

それでは世代によって受容はどう異なっているのでしょうか。このことに関して医師で啄木研究者の井上信興《のぶおき》が、「俵万智《たわらまち》と啄木短歌」（「日本医事新報」三六四四号、平成六年二月）で興味深い指摘をしています。

俵は、「短歌百首」（『群像　日本の作家7　石川啄木』小学館）として、『一握の砂』と『悲しく玩具』の七四五首から一〇〇首を選んでいます。この時、俵は二九歳でした。既に年輩者の遊座昭吾《ゆうざしょうご》や歌人の大西民子らにも同じ一〇〇首の選歌があり、さらに当時七三歳の井上も同じことを行い、若い俵の選歌とどう異なっているのかを調査しました。そうしたところ興味深い結果が出てきました。

例えば年輩者がまったく選ばず、若い俵だけが選んだ歌が三六首もあったというのです。何と百首の三分の一に当たります。そのいくつかを挙げてみましょう。

新しきサラドの皿の／酢のかをり／こころに沁《し》みてかなしき夕《ゆふべ》

よりそひて／深夜の雪の中に立つ／女の右手《めて》のあたたかさかな

夜寝ても口笛吹きぬ／口笛は／十五の我の歌にしありけり

きしきしと寒さに踏めば板軋《きし》む／かへりの廊下《らうか》の／不意のくちづけ

君来るといふに夙《と》く起き／白《しろ》シヤツの／袖《そで》のよごれを気にする日かな

「新しきサラド」の歌の「サラド」は、もちろんサラダのことですが、明治時代においては大変ハイカラなものでした。「よりそひて」と「きしきしと」の歌は、釧路《くしろ》時代の小奴《こやっこ》という芸者さんとの関係を詠んでいると言われていますが、酷寒《こっかん》の中での触れあいの暖かさが伝わってくる歌です。「君来ると」の歌ですが、改めて啄木ってこんな繊細な歌も詠んでいたのかと思わせるものです。

俵だけが選んだ歌は、全体的にハイカラで恋を詠んだものや感覚的なものが多いように思われます。逆に言いますと、年輩の方はそういうものにあまり関心を示さないということです。反対に、年輩の四人の人たち全員が選んで俵が選ばなかった歌です。

新しき明日《あす》の来《きた》るを信ずといふ／自分の言葉に／嘘はなけれど――
かなしくも／夜明《よあ》くるまでは残りゐぬ／息きれし児《こ》の肌のぬくもり
さいはての駅に下《お》り立ち／雪あかり／さびしき町にあゆみ入りにき
潮《しほ》かをる北の浜辺の／砂山のかの浜薔薇《はまなす》よ／今年も咲けるや
庭のそとを白き犬ゆけり。／ふりむきて、／犬を飼はむと妻にはかれる。

この五首の中には恋を詠んだものや、ハイカラな言葉を詠んだものはとくにありません。「新しき明日」を希望しつつもそれがなかなか来ないと思われる苛立《いらだ》ちや、子供の死や酷寒の釧路に降り立ったその複雑な心境や、家庭内の何気ない会話のことなど、派手さのない地味なものです。このようなものを年輩の方はより好む傾向にあるのかもしれません。

さらに井上は、年輩の三人が選び俵が選ばなかった一四首の中の三首を挙げています。

一隊の兵を見送りて／かなしかり／何ぞ彼等《かれら》のうれひ無げなる
平手もて／吹雪《ふぶき》にぬれし顔を拭《ふ》く／友共産を主義とせりけり
友も妻もかなしと思ふらし――／病みても猶《なほ》、／革命のこと口に絶《た》たねば。

つまり、軍隊や主義・思想に関することを俵はまったく選ばなかったのです。それが俵だからなのか、あるいは若い人や女性は一般的にそうなのかは、もちろんよくわかりません。ただ一人の歌人の短歌の好みや受容ということになりますと、本当に世代や男女差など様々な相違があるのだなと考えさせられるということです。

㈥ 現代歌謡曲と啄木短歌

戦後の現代歌謡《かよう》曲に、啄木短歌はどのような影響を及ぼしているのでしょうか。そのことを考えてみたいと思います。

石原裕次郎の「錆《さ》びたナイフ」

石原裕次郎の歌に「錆びたナイフ」があります。萩原四朗《はぎわらしろう》作詞、上原賢六の作曲で昭和三二年に大ヒットし、さらに翌年には映画にもなりました。

砂山の砂を　指で掘ってたら
　まっ赤に錆びた
ジャックナイフが　出て来たよ
どこのどいつが　埋めたか
胸にじんとくる　小島の秋だ
（中略）
俺もここまで　泣きに来た

これは『一握の砂』の次の歌と対応します。

いたく錆びしピストル出でぬ／砂山の／砂を指もて掘りてありしに

東海の小島の磯《いそ》の白砂《しらすな》に／われ泣きぬれて／蟹《かに》とたはむる
大海《だいかい》にむかひて一人《ひとり》／七八日《ななやうか》／泣きなむとすと家を出《い》でにき

実はこの対応について、音楽文化研究家の長田暁二《おさだぎょうじ》が「ご当地ソング」（「読売新聞」平成二〇年七月六日）の中で、啄木短歌を愛唱していた萩原が、短歌の「いたく錆びし」を土台にし、ピストルの部分をナイフに置き換えて一気に「錆びたナイフ」を書き上げたということを記しています。ですから影響というよりも、むしろ本歌取りというべきものなのです。中心になったイメージや言葉を使って再生産された歌なのでした。

大津美子・倍賞千恵子の「純愛の砂」

「ここに幸あり」（昭和三一年）の大ヒットで知られる大津美子《よしこ》は、矢野亮《りょう》作詞・飯田三郎作曲の「純愛の砂」を歌いました。この曲は倍賞《ばいしょう》千恵子も歌っています（昭和五一年）が、啄木短歌を連想させるものがあります。

愛のなぎさを　放浪《さすらい》の
旅は悲しい　我が運命《さだめ》

さらさらと　さらさらと
指より逃げる　砂に似て
儚《はかな》き故に　なおさらに

これは『一握の砂』の次の歌と対応します。

いのちなき砂のかなしさよ／さらさらと／握れば指のあひだより落つ

「純愛の砂」の二連めも三連めも、「さらさらと　さらさらと」が繰り返されています。そのくらいこの歌において重要なのは、オノマトペ（擬声語・擬態語）です。小野正広の『オノマトペと詩歌のすてきな関係』（NHK出版・平成二五年七月）の中で、「いのちなき」の啄木短歌の「さらさら」を取り上げて、以下のように記しています。

「『さらさら』は、まったく滞《とどこお》ることもなく、砂が指のあいだから落ちていくさまを描写している。もし砂にいのちがあれば、抵抗したり、逆にもどったりできるのにと、いのちのない砂の無抵抗さに、哀れをもよおしているのである。本来ならば、軽快で、よいイメージの『さらさら』を、なんの滞りもないがゆえに、かえって哀れを誘うという、微妙で複雑な感覚で用いている。よいイメージということでもないが、わるいイメージでもない」と。

橋幸夫「孤独のブルース」

佐伯孝夫作詞・吉田正作曲で橋幸夫《はしゆきお》が歌った「孤独のブルース」（昭和三九年）の第二連めにも、啄木短歌の影響が考えられます。（国際啄木学会二〇一三年度釧路大会における、水野信太郎の研究発表での指摘）

渚《なぎさ》のこの砂　すくっても
指の間から　逃げてゆく
愛《いと》しい人よ　とても悲しい
涙みたいに　こぼれてゆくよ

これも「純愛の砂」と同様、『一握の砂』の「いのちなき砂のかなしさよ／さらさらと／握れば指のあひだより落つ」の歌と対応します。

谷村新司の「昴」は巨星啄木の隠喩か

谷村新司《たにむらしんじ》作詞作曲の「昴《すばる》」（昭和五五年）には、次のような対応が見られます。

目を閉じて　何も見えず　哀しくて目を開ければ
荒野に向かう道より　他に見えるものはなし
嗚呼《ああ》　砕け散る宿命《さだめ》の星たちよ
せめて密《ひそ》やかに　この身を照せよ
我は行く　蒼白き頬のままで
我は行く　さらば昴《すばる》よ

呼吸《いき》をすれば胸の中　凩《こがらし》は吹《な》き続ける
されど我が胸は熱く　夢を追い続けるなり

これは『悲しき玩具』の次の歌と対応しています。

目閉《と》づれど、／心にうかぶ何もなし。／さびしくも、また、眼をあけるかな。
呼吸《いき》すれば、／胸の中《うち》にて鳴る音あり。／凩《こがらし》よりもさびしきその音！

傍線部に関してほとんど同じイメージと語彙《ごい》が使われています。さらに言えば、「昴」というタイトルですが、これも啄木と大いに関係している言葉です。啄木は最初与謝野鉄幹・晶子の「明星」に参加し一〇〇号で終刊になりますと、森鷗外を中心に「スバル」という名の雑誌を刊行しその編集人を務めました。啄木の年譜を読めば必ず「スバル」という言葉がでてくるのです。

もっとも、この谷村の「昴」の歌詞と啄木短歌の表現が近いというのは、既によく知られていることです。ところがこの「昴」をめぐって実に興味深い解釈があります。それは天文学者の海部宣男《かいふのりお》の『天文歳時記』（角川選書）の中です。海部はアジア文化協会の小木曽友《おぎそゆう》の書いた「昴と啄木」（「月刊アジアの友」平成二年九月号）に記された、啄木短歌と谷村の「昴」の歌詞の類似性を指摘した文章を読み、その影響関係を肯定した上で、さらに次のように記しています。

「谷村さんの『昴』は啄木の歌にヒントを得たものに違いない。谷村さんはそこから想像の翼をひろげて、つかの間の一生を輝き超新星として華々しく散る運命にある、すばる＝プレアデス星団の若い星（青白巨星）をうたった。それは、天才の輝きを放ちわずか二十七歳の生涯を終えて散った巨星・啄木に捧げる歌でもあろう」と。

これはユニークな発想です。言われてみればそのような類似性も可能です。「つかの間の一生を輝き超新星として華々しく散る運命にある」昴と啄木は、イメージがピッタリ合います。そういう意味で谷村の「昴」は、啄木の人生を隠喩《いんゆ》にした賛歌であるとした方がむしろ当たっているような気がしてきます。

谷村新司「群青」の類似性

次は谷村新司作詞作曲の「群青《ぐんじょう》」の一節です。

老いた足どりで　思いを巡《めぐ》らせ
海に向いて　一人立たずめば
我より先に逝《ゆ》く　不幸は許せど
残りて哀しみを　抱《いだ》く身のつらさよ
君を背おい　歩いた日の
ぬくもり背中に　消えかけて
泣けと如く群青の海に降る雪
砂に腹這いて　海の声を聞く

待っていておくれ　もうすぐ還るよ

これは『一握の砂』の次の歌と対応します。

大海《だいかい》にむかひて一人／七八日《ななやうか》／泣きなむとすと家を出《い》でにき
たはむれに母を背負ひて／そのあまり軽《かろ》きに泣きて／三歩《さんぽ》あゆまず
やはらかに柳あをめる／北上の岸辺目に見ゆ／泣けとごとくに
砂山の砂に腹這《はらば》ひ／初恋の／いたみを遠くおもひ出づる日

谷村は遊座昭吾に、「大学時代に石川啄木を読みました。読んだと言うより食べました。そしてそのとき食べた糧《かて》が、曲や詩となって出てくるのです。それが私の心の中の啄木です」（遊座昭吾「啄木に誘《いざな》われて」岩手県立盛岡第一高等学校生徒会誌「白梅《はくばい》」平成一三年）と語ったということです。既に啄木は谷村の血肉《けつにく》となっていたのでした。

その他の影響関係

これ以外にも数多くの啄木短歌との類似性が考えられます。水野信太郎の指摘を参考にしながら、私なりに納得できたものを挙げてみます。まずは神坂薫《かんざかかおる》作詞・遠藤実作曲で森昌子が歌った「おかあさん」（昭和四九年）です。

やせたみたいね　おかあさん
ふざけて　おぶって　感じたの
泣き虫だったわ　ごめんなさいね
（中略）
寝顔をみてたら　泣けたのよ

これは『一握の砂』の、「たはむれに母を背負ひて／そのあまり軽《かろ》きに泣きて／三歩《さんぽ》あゆまず」を背後にしながら書かれていると指摘しても良いと思われます。「たはむれに」の初出の「歌稿ノート『暇ナ時』」には、「我いまだ髯《ひげ》を生《は》やさぬそのうちに老いたる親をかなしみて泣く」（明治四一年六月二五日）など、親に苦労をかけて申し訳ないという歌をたくさん詠んでいます。

また、吉田旺《おう》作詞・浜啓介作曲で同じく森昌子《もりまさこ》が歌った「立待岬《たちまちみさき》」（昭和五七年）にも啄木短歌の影響がみられます。この北海道函館の立待岬ですが、そこに啄木のお墓があります。

そこからしても啄木を否《いや》が応《おう》でも連想してしまいます。

北の岬に　咲く浜茄子《はまなす》の
花は紅《くれない》　みれんの色よ
（中略）
哭《な》いて　哭いて　哭きぬれて
立待岬の石になっても
悔いは悔いは　しません
ひとすじの　この恋かけて

これは『一握の砂』の「潮《しほ》かをる北の浜辺の／砂山のかの浜薔薇《はまなす》よ／今年も咲けるや」、「東海の小島の磯《いそ》の白砂に／われ泣きぬれて／蟹《かに》とたはむる」などを背後に連想させるものです。

㈦　ＣＭに使われた啄木短歌

薬師丸ひろ子の黒き瞳

一九八五年（昭和六〇）にＮＴＴ（日本電信電話株式会社）が民営化されると、その宣伝に薬師丸《やくしまる》ひろ子の「あなたを・もっと・知りたくて」をテーマ曲にしたＣＭが流されました。その翌年の六月一九日からは、毎月一九日をその語呂合《ごろあ》わせから「トークの日」とし、薬師丸ひろ子の「ささやきのステップ」の曲に、次の啄木短歌が添《そ》えられたものが放映されました。

世の中の明るさのみを吸ふごとき
黒き瞳《ひとみ》の
今も目にあり

この歌は、大きな黒い瞳をした薬師丸ひろ子のイメージにぴったり合っています。さらに薬師丸の「愛していると言えぬまま黙った／言葉に出来ない光と影（中略）千の囁《ささや》きかわしたけれど／一番大事なことは／心に秘めたままなの／瞳でサヨナラと言ってね」云々という、

「瞳で話して」（作詞・松本隆）編になると、啄木短歌は次のものに変わりました。

かの時に言ひそびれたる
大切の言葉は今も
胸にのこれど

松本隆の「瞳で話して」と、啄木短歌の内容はよく似ているとも言えます。啄木短歌の「世の中の」と「かの時の」のどちらの歌も、『一握の砂』の第四章「忘れがたき人人（二）」にあり、「かの時に」の歌は「世の中の」の歌の後に続いています。

この歌は、一九八七年（昭和六二）四月に売り出された、郵政省のエコー葉書に掲載したNTTの広告にも使われました。伏せて両手の上に顔をのせ、こちらに顔を向けた薬師丸の右横に五行にされた短歌が印刷され、きちんと啄木と記されています。

さらにもう一つ、薬師丸を使ったポスターなどに使われたのが次の歌です。

君に似し姿を街に見る時の
こころ躍《をど》りを

あはれと思へ

これも前の二首と同じ『一握の砂』の第四章、「忘れがたき人人（二）」にあります。というよりも、この第四章「忘れがたき人人（二）」の二二首は、既に本章の(二)「五五一首のドラマ『一握の砂』」で記しましたように、すべて橘智恵子に捧《ささ》げられた歌を特集したものです。啄木自身がある特定の女性をイメージして詠んでいますが、もちろん一般の方はそのようなことを知る人は少ないでしょうし、また橘智恵子をイメージして読まなければならないこともなく、自分の意中の女性を思って鑑賞すれば良いのです。もっともそのような味わい方が可能だからCMに使われたのでしょうが。

「初恋」の歌曲

空調製品や化学品の大手メーカーであるダイキン工業株式会社が、二〇〇二年（平成一四）に北原白秋の「落葉松《からまつ》」編と石川啄木の「初恋」編のCMをテレビで流しました。「落葉松」は「からまつの林を過ぎて、／からまつをしみじみと見き。／からまつはさびしかりけり。／たびゆくはさびしかりけり。」で始まる歌です。そして啄木の「初恋」は次の歌です。

砂山の砂に腹這《はらば》ひ
初恋の
いたみを遠くおもひ出《い》づる日

『一握の砂』の冒頭の六首めにあるこの短歌に、越谷達之助《こしたにたつのすけ》が一九四〇年（昭和一五）に曲をつけたもので、越谷の代表作であるとともにおそらく啄木短歌につけられた曲の中でももっとも有名なものです。啄木短歌に曲をつけたものとしては、最近では新井満《まん》のCD『ふるさとの山に向ひて』（平成一九年・ポニー・キャニオン）が有名ですが、それ以前にも多くのレコードやテープやCDが発売されています。

たとえば『初恋』のCDが、日本コロンビアから一九九五年（平成七）に販売されています。ソプラノ歌手の中嶋宏子が歌っていますが、曲は短歌が三回繰り返され、三分四五秒の長さになっています。

この「初恋」は、実に多くのオペラ歌手によって歌われています。現在、ユーチューブにそれらが流れていますが、鮫島有美子《さめじまゆみこ》のものは九万六千回のアクセスがありますし、中沢桂《かつら》も一万七千回あります。さらに外国人歌手の方も多く歌っています。韓国人のテノール歌手で「アジアナンバー1」というふれ込みのベー・チェチョルは、二〇〇五年（平成一七）

に甲状腺癌《がん》で声を失いながらもその後のリハビリの結果声を取り戻し復帰しました。そのベー・チェチョルがコンサートで最初に歌う日本の歌曲がこの「初恋」でした。私は彼がテレビ「徹子の部屋」に出演し、「初恋」を歌っているのを見たことがあります。また、内モンゴル出身のテノール歌手の包金鐘《ポウジンゾン》や、ウクライナ出身のソプラノ歌手のオクサーワ・ステパニュックらがユーチューブで「初恋」を歌っている姿を見ることができます。

ダイキンのCMではソプラノ歌手の佐藤康子《やすこ》が歌っていますが、男性のテノール歌手が歌っても女性のソプラノ歌手が歌っても、その初恋のイメージは鮮やかに思い出され、切ないような懐《なつ》かしさに襲《おそ》われる曲になっています。

それではこの曲はCMにどのように使われたのでしょうか。ダイキンの広報が書いた文章があります。それには「落葉松《からまつ》」編と「初恋」編のいずれも長野県蓼科《たてしな》高原で撮影され、「『落葉松』篇は、生命の象徴として落葉松の四季の美しい営みを描き、色彩と明暗のコントラストを効かせた印象的な映像構成で表現されています。また『初恋』篇は季節を春から夏に限定し『微妙な空気の動き、雲の表情、光と影』を映像のキーにしています」と記されています。

函館・啄木公園の像

最近、全国版のテレビCMに啄木の函館公園の像が映っています。北海道に本社のある野口観光グループのCMです。この会社は北海道や全国にいくつもの旅館、ホテルを経営していますが、CMではそれぞれの旅館がある箱根《はこね》、湯河原《ゆがわら》、登別《のぼりべつ》などの自然の風景が映された後に、函館市日之出町の啄木公園にある、腰掛けて右手を頬にあてて左手には本を持つ啄木像の写真が映されます。台座の石川啄木という名前もきちんと流されていますが、座像に刻まれた「潮《しほ》かをる北の浜辺の／砂山のかの浜薔薇《はまなす》よ／今年も咲けるや」の歌は映されません。あくまでも海を背景にした啄木の座像です。なぜなのかと不思議に思い、この会社のホームページを見てみますと、函館の湯の川温泉に「啄木亭」という旅館があることがわかりました。そのために啄木の座像が使われたようです。

函館大森浜海岸の啄木像

(八) 啄木短歌の受容時期と時代背景

啄木短歌はどのように受容され、そのブームを起こしたのでしょうか。教科書に採用された短歌のことなどを見てきましたが、実際に文庫本などの売れ行きや人々の愛唱度などのブームの調査は容易ではありません。しかし、啄木は没後一〇〇年以上にわたって確かにその人気を得てきていますし、何度かの啄木ブームと呼べるものがあったように思われます。一九四五年（昭和二〇）以後の啄木受容のブームのようなことを、社会背景との関係をからめながら以下に記してみたいと思います。

① 一九六〇年代の高度経済成長期

一九五四年（昭和二九）～一九七五年（昭和五〇）までの二一年間、青森発上野行きの臨時夜行列車が運行され、集団就職者を送り続けました。当時の東北線の終着駅は上野駅でした。井沢八郎の「あゝ上野駅」（昭和三九年）が、その当時の集団就職者の気持ちを歌っています。

このような一九六〇年代を中心に、東京に集団就職した人たちが故郷のことを思う時に、自然に石川啄木の『一握の砂』の望郷の短歌を口ずさんだのではないでしょうか。

ふるさとの訛《なまり》なつかし／停車場《ていしゃば》の人ごみの中に／そを聴きにゆく

（上野駅を詠んだものであり、現在上野駅に歌碑があります）

馬鈴薯《ばれいしょ》のうす紫の花に降る／雨を思へり／都《みやこ》の雨に

（都会にいて、故郷の馬鈴薯に降る雨を思っています）

②一九七〇年～八〇年代の校内暴力・家庭内暴力などの激しかった時代

一九七〇年代の終わりから一九八〇年代初めにかけて校内暴力が中学校を中心に多数発生し、社会問題化しました。一九八〇年（昭和五五）にはテレビの『3年B組金八先生』が校内暴力をテーマにしました。

このような時代に中・高校生であった尾崎豊（一九六五～一九九二年）は、一九八三年（昭和五八）に「15の夜」でデビューし、「十七歳の地図」のアルバムを出しました。「15の夜」は、家出の計画をたて自由を模索する一五歳の少年の心を歌っています。啄木も一五歳の心を詠んでいます。

不来方《こずかた》のお城の草に寝ころびて／空に吸はれし／十五の心

夜寝ても口笛吹きぬ／口笛は／十五の我の歌にしありけり

この校内暴力や家庭内暴力が激しかった時代に、尾崎がそうであったように多くの若者たちが、啄木のように大空に自由を羽ばたかせる歌を心の友としていたのではないでしょうか。この短歌は、当時の多くの中学・高校国語の教科書に載《の》っていた歌でした。

③ バブル崩壊後のフリーター・派遣労働者問題が発生した時期

一九八六年（昭和六一）～一九九一年（平成三）まで日本はバブル期でした。しかし、一九九一年二月からバブルが崩壊します。バブルの時代に人手不足からアルバイトが急増し、一九八六年（昭和六一）には朝日新聞がフリーアルバイターという造語を紹介し、一九九一年（平成三）には『広辞苑《こうじえん》』（第四版）にこの言葉が掲載されました。しかし、このフリーアルバイターを略したフリーターは、バブル崩壊後には不安定な雇用となり、さらに多くの低賃金派遣労働者《はけんろうどうしゃ》を生み出しました。このような厳しい雇用を背景に、啄木の歌がメディアで取り上げられ、人々に口ずさまれました。

はたらけど／はたらけど猶《なほ》わが生活《くらし》楽にならざり／ぢつと手を見る

この歌は、河上肇《はじめ》の『貧乏物語』（初出は大正五年「大阪朝日新聞」）で、「故啄木氏は、はたらけど／はたらけどなおわが生活楽《くらし》にならざり《ママ》／じっと手を見る／と歌ったが、今日の文明国にかくのごとき一生を終わる者のいかに多きかは、以上数回にわたって私のすでに略述したところである。今私はこれをもってこの二十世紀における社会の大病だと信ずる」云々と引用されてから、とりわけ有名になったと言われています。啄木短歌で、これ以外にも貧しさを詠んだ歌が何首かあります。

百姓の多くは酒をやめしといふ。／もつと困《こま》らば、／何をやめるらむ。
田も畑《はた》も売りて酒のみ／ほろびゆくふるさと人《びと》に／心寄する日
わが抱《いだ》く思想はすべて／金なきに因《いん》するごとし／秋の風吹く
友よさは／乞食の卑《いや》しさ厭《いと》ふなかれ／餓ゑたる時は我も爾《しか》りき
実務には役に立たざるうた人と／我を見る人に／金借《か》りにけり

④二〇一一年三月一一日の東日本大震災

二〇一一年（平成二三）の東日本大震災と東京電力福島第一原子力発電所事故は、二万人近い死者や行方不明者と放射能による極めて多くの被害者を出しました。この未曾有《みぞう》の出来事により日本は閉塞《へいそく》状況に陥りました。よく「時代閉塞」という言葉が使われますが、この言葉は啄木の「時代閉塞の現状」（明治四三年八月頃執筆）から生まれた造語です。このような閉塞した時代に次の啄木短歌が読まれています。

新しき明日《あす》の来《きた》るを信ずといふ／自分の言葉に／嘘はなけれど——

この歌は閉塞した時代であるが故に、明日に不安を感じる気持ちを詠んでいます。新しき明るい明日を期待しつつも、現実の苦しさや暗さに不安や焦燥《しょうそう》を感じざるをえないのです。「嘘はなけれど——」の最後の屈折感に、いや逆にだからこそなんとか頑張ってゆかなければならないのだ、という思いを感じさせてもくれます。

⑤二〇一二年の没後一〇〇年、日韓の閉塞《へいそく》状況から

二〇一二年（平成二四）八月の李明博《イミョンパク》韓国大統領の竹島《たけしま》（韓国名＝独島《ドクト》）上陸以後、領土問題や歴史認識をめぐる問題で日韓関係が冷えています。このような冷えかかった政治状況にあるが故にこそ、お互いを思いやる民間の心の交流が必要です。まさしく一〇〇年前の日韓併合の時代に、植民地になり亡国となった相手国の人たちのことを思いやった啄木の歌

が思い出されます。

地図の上朝鮮国にくろぐろと墨《すみ》をぬりつゝ秋風を聴く

当時の日本は、拡大した新しい領土を赤く塗り御祝いをしていました。しかし、植民地になった人たちは亡国となり国を喪《うしな》い、悲しみに包まれていたのです。それ故に赤く塗られたところを墨で黒く塗りなおして、哀悼を示したという内容です。相手の気持ちを思いやることが今こそ大切なのでしょう。啄木の短歌にその願いを託したいと思います。

㈨ 外国語への翻訳

ここまでは、国民詩人ともいうべき啄木短歌の内容や受容を書いてきましたが、啄木は国内だけの受容ではなく翻訳されて国外においても受容されています。いわゆる「国際詩人」ともいうべき存在でもあるのです。もちろん村上春樹《はるき》のように翻訳されているということではありませんが、一部の日本文学愛好家や研究者に知られている存在なのです。

一四の言語と一七カ国で翻訳

啄木は現在、短歌を中心に一四の言語で一七カ国に翻訳されていると考えられます。アジアでは中国語、韓国語、インドネシア語、インドのヒンディー語とマラヤーラム語、そしてアラビア語です。西欧では英語、ロシア語、ドイツ語、フランス語、スペイン語、ポルトガル語、イタリア語、フィンランド語です。もちろんそれぞれの言語が一冊ではありません。英語もドイツ語も韓国語も、それぞれ何人もの人が翻訳していて何冊も刊行されています。

世界中で読まれる啄木の詩歌

それらは多くて数千部、一般的に一千部前後と思われます。またドイツなどの西欧で書かれた啄木についての研究論文を見ていましたら、参考文献に日本語の文献と同じように英語の翻訳書や英語で書かれた研究書などが記されていてびっくりしたことがあります。西欧では、英語の翻訳を通して啄木を知ったという人もかなりいるのではないかと思われたからです。やはり英語の力は大きいのです。

この翻訳をめぐって少し興味深いことがあります。つまり、啄木の翻訳というと私たちはまず一番有名な『一握の砂』から行われると考えがちです。しかし、必ずしもそうではないということです。

例えばロシア語です。啄木は日露戦争の時に日本海海戦で亡くなったバルチック艦隊のマカロフ提督《ていとく》を追悼《ついとう》した「マカロフ提督追悼の詩」を一九〇四年（明治三七）に書いています。ロシア人にとって敵である日本人の青年がマカロフを追悼している詩を書いていたということの驚きや意外性からなのでしょうが、一九三五年（昭和一〇）に亡命ロシア人のグリゴリーエフによってこの作品が最初に翻訳されています。

また中国語や韓国語もそういうことが言えます。啄木には社会主義詩人というイメージがありますが、そのようなイメージを形作った有名な詩が「はてしなき議論の後」です。この作品はロシア革命の時に「ヴ・ナロード」（人民の中へ）というスローガンのもとに、地方の農民の中に入って行動を起こしているロシアの青年に対して、議論ばかりしていて行動を起こそうとしない明治時代の日本の若者を批判的に描いたものです。

そこでプロレタリア運動が盛んな時代においては、まずこの詩が中国語に翻訳されています。あの魯迅《ろじん》の弟の周作人が一九二〇年(大正九)にこれを翻訳します。翌年の一九二一年(大正一〇)に中国共産党が結成されていますから、まさにそういう時代であったのです。また、韓国においても金相回《キムサンフェ》が一九三二年（昭和七）にこの詩を翻訳しています。

つまり、翻訳というものは、その国にとってあるいは民族にとってその時代において、もっとも必要とされる作品から翻訳される傾向にあるものだということです。もちろんその後に、『一握の砂』や重要な作品が翻訳されていきますが。

「蟹」や「友」は単数か複数か

啄木短歌の翻訳をめぐって興味深いことがいくつかあります。まず日本人にとっては当たり前と思っていることでも、異なった文化の人たちにとってはわかりにくいことがあるということです。例えば、日本文化に深く根ざしているモノやことです。具体的には「箸《はし》」や「障子《しょうじ》」や「着物《きもの》」などですが、これらは西欧の人たちにはわかりにくいですし、また「大といふ字を百あまり」砂に書いて死ぬことをやめるという、この「大」という漢字表現も漢字を使わない文化の人たちには理解しにくいのです。また風土としての「雪」などは、雪の降らない地域の人には理解がしにくいということです。
それから翻訳をめぐって私が興味深く思ったことがあります。それは単数複数の問題で、これは西欧語などでは極めて厳格ですが、日本語では曖昧で大らかなところがあるということです。

東海の小島の磯《いそ》の白砂《しらすな》に／われ泣きぬれて／蟹《かに》とたはむる

この「蟹」ですが、皆さんはこれが単数か複数かを考えたことがあるでしょうか。私自身、意識したことはまったくありませんでした。でもあえて考えてみれば単数、つまり一匹の方がより孤独な感じがするのではないかと思ってしまいます。しかし、多くの翻訳ではあきらかに複数形になっています。なぜなら砂浜に蟹が一匹で生きていけるはずがないからです。そういう合理的、科学的な発想もあるのです。それでは次の歌はどうでしょうか。

函館の青柳町《あをやぎちやう》こそかなしけれ／友の恋歌／矢ぐるまの花

ますが。

この「友」は単数でしょうか、複数でしょうか。このことに関しては日本人研究者においても意見が分かれています。私個人としては一人の友の恋歌で良いのではないかと思っていますが。

少し啄木から外れた余談になりますが、単数複数における日本人と西欧人との相違ということでは、松尾芭蕉《ばしょう》の「古池や蛙《かわず》とびこむ水の音」の「蛙」のことがよく持ち出されるようです。日本人ならおそらくほとんどの人が蛙は一匹だと考えるのではないかと思います。なぜなら静かな古池の中に蛙が一匹ポチャンと飛び込む音がすると、却《かえ》ってその静けさが増してくると感じるからです。つまり、静動中《せいどうちゅう》の動は静であるという法則です。

しかし、西欧ではほとんど複数と考えると言われています。なぜなら古池に蛙が一匹しかいない筈がないからです。そういう意味では池にポチャン・ポチャン・ポチャンと落ちる音がしたとしても、それでも西欧人には違和感はないのでしょう。

こんなふうに翻訳をめぐるカルチャーショックに触れるのは面白いと思います。私たちが普段気づかなかったことを教えてくれますので。

三行か五行かそれ以上の行分けか

『一握の砂』と『悲しき玩具』は、三行分かち書きになっています。なぜ分かち書きにしたのかについては多くの意見があります。直接的には当時の友人の土岐哀果がローマ字による三行分かち書きの歌集『ＮＡＫＩＷＡＲＡＩ』を刊行したことに影響されたことが大きいのですが、それ以外にも色々と指摘されています。例えば、大室精一は「啄木短歌の形成（１）『一握の砂』の音数律について」（佐野国際情報短期大学「研究紀要」第八号、平成九年三月）で、五七五七七のリズムではなく行を基本とした三行詩に移行している様を論じています。つまり、啄木は従来の短歌の定型からの離脱を意図していたのでした。

これ以外にも諸説ありますが、ここで記したいのは、その啄木の意図した三行分かち書きが外国語に翻訳された時にどのように表記されているのかということです。私の調査ではやはり圧倒的に多いのは、啄木の意図通りに三行に翻訳しているものでした。具体的には、英語（アメリカ・イギリスや日本人の英語訳）、フランス語、フィンランド語、ヒンディー語、中国語、アラビア語です。これらは啄木の意思を尊重しているのだと思われます。

しかし、そうではなく、短歌の五七五七七のリズム通りに五行に分けて翻訳されているものもあります。具体的には、ロシア語、スペイン語、そしてドイツ語（いくつかの翻訳がある）です。

さらに面白いのは、自由詩のように五、六、七行に分けて訳しているものです。これはドイツで初めて啄木のアンソロジーを一九九四年（平成六）に刊行された、ハイデルベルク大学教授のシャモニー訳です。それで不思議に思いましたので、シャモニー先生に直接この理由を伺《うかが》ったことがあります。そうしましたら、「ドイツ語で一番韻《いん》を踏むことのできる形に訳したところ、歌によって五行、六行、あるいは七行になったのです」とのことでした。

なるほどなと思いました。詩はそういう韻を踏むことが重要なのです。この場合は現地の言葉や型式をむしろ重視した結果と考えられます。実は同じように、現地の国の形式に訳されていることがあります。それは韓国語訳です。韓国語訳は既に五人ほどありますが、四人はいずれも五七五七七という短歌のリズム通りに訳しています。しかし、尹在石《ユンゼソク》は韓国の「時調《シジョ》」の三四または四四の形式に訳しています。そうやって現地の言葉の中に啄木短歌は根を下ろしているのです。

3　詩の世界

黄金の色彩と光の詩集『あこがれ』

啄木は生涯に三六〇編ほどの詩を残しました。最初は文語定型で詩を書き、満一九歳の時に第一詩集『あこがれ』（明治三八年）を刊行し、天才詩人と言われました。しかし、この詩集は百数十年後の今日《こんにち》残念ながらほとんど評価されていませんし、また読まれることもあまりありません。それは言葉が難解で読みにくいし、抽象的な内容が多くわかりにくいからです。具体的に、巻頭の「沈める鐘《かね》《序詩》」の冒頭のみを記してみましょう。

混沌《こんとん》霧なす夢より、暗を地《つち》に、
光を天《あめ》にも劃《わか》ちしその曙、
五天の大御座《おほみざ》高うもかへらすとて、
七宝《しちほう》花咲く紫雲の『時』の輦《くるま》
瓔珞《えうらく》さゆらぐ軒より、生《せい》と法《のり》の
進みを宣《の》りたる無間《むげん》の巨鐘《おほがね》をぞ、
永遠《とは》なる生命《いのち》の証《あかし》と、海に投げて、
蒼穹《あをぞら》はるかに大神《おほかみ》知ろし立ちぬ。

一行が八字プラス一〇字という定型であり、また難解な言葉が使われているので容易に内容を把握《はあく》できません。実際『あこがれ』は、このような作品が多いのです。しかし、この詩集は啄木の生涯の文学的な変化を考えるためには、大きな意味を持っています。つまり、啄木の浪漫主義時代を象徴している詩集であると言えるからです。このことは色彩を表す言葉によってもわかります。拙稿《せっこう》「『あこがれ』における色彩語の考察」（「国際啄木学会研究年報」一二号、平成二一年三月）に、そのことを書きましたがここでも簡単に記します。

七七編を収めた『あこがれ』には、「黄金《こがね》」あるいは平仮名《ひらがな》の「こがね」を含む言葉が三〇回ほど、「金」を含む言葉が一〇回ほど、「黄」を含む言葉が八回ほどで、合計五〇回ほど使われています。そしてこれらの言葉は、単に自然現象における色彩を示しているだけでなく、我が世の命の輝きなどを示すために使われていることが多いのです。

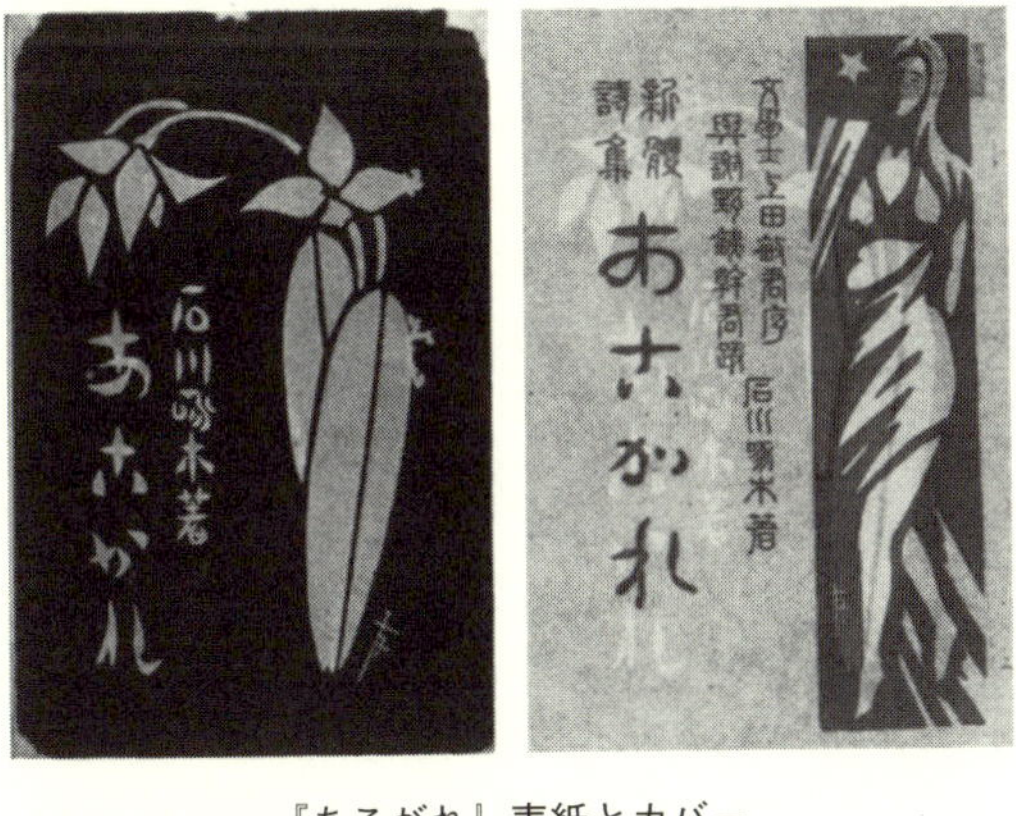

『あこがれ』表紙とカバー

さらにこの黄金系統の色彩語は、「金色の日光」とか「黄金の光」「黄金なす光」などと「光」と密接に結びついています。その「光」は七七編の詩のうちの五〇編、実に一一二回にわたって使用されているのです。これらの「光」は単なる太陽光線としての自然現象だけではなく、自らの生命やあるいは人間の命の隠喩《いんゆ》として「光」を使用し、その「光」こそ我なのであるという認識や、さらにその「光」にあふれた我は神に近い存在であるということなどを示す時に使っています。つまり黄金系統の色彩語と「光」は、そのような意味を深めるための装置として多用されているのでした。

このように多用した色彩語や「光」ですが、その後の詩や詩以外の作品にこのような使い方をすることはほとんどなくなります。とりわけ小説「漂泊《ひょうはく》」（明治四〇年）は、灰色が突出した作品で、黒、灰色、白などという無彩色のもので占められています。そういう意味で、この『あこがれ』における黄金色系統の色彩語と「光」は、浪漫主義時代の啄木を象徴するものであると言うことができるのです。

さらに興味深いことがいくつかあります。それはこれほど『あこがれ』の中に黄金色系統の色彩語を多く使っているにもかかわらず、初期にも晩年にも短歌にはあまり使っていないということです。なぜなのかその理由はよくわかりません。三十一文字《みそひともじ》の中ではうまく使えなかったからなのかもしれません。

また、同時代では北原白秋が、金や銀の色彩語や光という言葉を多用していたことで知られています。啄木短歌の色彩語を調査した言語学者の小林英夫は、その論文「啄木論」や「近代歌人の色覚と光覚」（『小林英夫著作集8』みすず書房）で、啄木短歌は白秋や晶子に比べると「その種類と絶対量が比較的とぼしいことに驚かされる」とか、「金も銀も、絵の具では合成することができない。（中略）金銀は色ではなく、むしろ光だ。そうだ、光だ。光の感覚。これこそ白秋をユニークな詩人たらしめる要素でなければならない。（中略）白秋を光の詩人、そして光の歌人と呼ぶことをちゅうちょしないのだ」と結論しています。しかし、もし小林が啄木の詩集『あこがれ』を少しでも対象にして調査していたら、啄木もその初期には黄金色系統の色彩語と光を多用する、白秋とかなり近い資質を持っていた詩人であったということを言うことができた筈でした。

『あこがれ』から「こころの姿の研究」へ

ところがこのような難解な言葉と浪漫的な色彩に満ちた『あこがれ』から、啄木の詩は変化していきます。とりわけ「こころの姿の研究」（明治四二年）の連作詩は、口語自由詩でわかりやすい表現のものになっています。その中の「起きるな」を記します。

西日《にしび》を受けて熱くなつた
埃《ほこり》だらけの窓の硝子《がらす》よりも
まだ味気《あぢき》ない生命《いのち》がある。
正体もなく考へに疲れきつて、
汗を流し、いびきをかいて昼寝してゐる
まだ若い男の口からは黄色い歯が見え、
硝子越《がらすご》しの夏の日が毛脛《けずね》を照し、
その上に蚤《のみ》が這《は》ひあがる。

起きるな、起きるな、日の暮れるまで。
そなたの一生に涼しい静かな夕ぐれの来るまで。

何処《どこ》かで艶《なまめ》いた女の笑ひ声。

若い男ですが、人生がどうもうまくいっておらず疲れきって昼寝をしています。その男に向かって、静かな夕暮れが訪れるまで休んでいなさいと歌っています。最終行は色々と解釈できそうですが、ここでは性的な欲望に翻弄《ほんろう》されることもあることが暗示されていると捉えておきます。

北原白秋との別れと「はてしなき議論の後」

最晩年の啄木は、生涯の詩としての代表作となる私家版詩集『呼子《よぶこ》と口笛』（明治四四年）をまとめます。さきほど『あこがれ』は、白秋と同じように浪漫的な黄金や光を多用した作品が多く含まれていることを記しました。実は南国生まれの白秋の世界と東北生まれの啄木の世界は、その初期には通じるところが多くありました。そしてお互いを宿命のライバルとし、その才能を認めあってきたのでした。しかし、その短い啄木の晩年になると、白秋とは経済的にも思想的にも大きく隔たってしまいます。

そんな時に白秋から詩集『思ひ出』（明治四四年六月）を贈られます。その中に「断章」という名のもとに詠まれた詩がありました。

三十五
縁日《えんにち》の見世ものの、臭《くさ》き瓦斯《がす》にも面《おもて》うつし、
怪しげの幕のひまより活動《くわつどう》写真の色は透かせど、

かくもまた廉白粉《やすおしろひ》の、人込《ひとごみ》のなかもありけど、
さはいへど、さはいへど、わかき身のすべもなき、涙ながるる。

三十六
鄙《ひな》びたる鋭き呼子そをきけば涙ながるる。
いそがしき活動写真《くわつどうしやしん》煤《すす》びたる布に映すと、
かりそめの場末の小屋に瓦斯の火の消え落つるとき、
鄙びたる鋭き呼子そをきけば涙ながるる。

このような「断章」の詩編がいかに啄木に影響を及ぼしたかは、今井泰子『石川啄木論』（塙書房）によって指摘されています。つまり、啄木は明らかにこの「断章」に影響を受けて、次の「はてしなき議論の後（八）」を詠んだのでした。

げに、場末の縁日の夜の
活動写真の小屋の中に、
青臭きアセチリン瓦斯の漂へる中に、

鋭くも響きわたりし
秋の夜の呼子の笛はかなしかりしかな。
（中略）
我はただ涙ぐまれき。

設定状況も言葉も「断章」に似ています。明らかに啄木は白秋のこの詩の影響を受けていることに間違いありません。そのくらい啄木は白秋の世界に近い浪漫的なものや感傷的なものを持っていたのでした。しかし、大逆事件に直面し対峙《たいじ》した一九一〇年（明治四三）以後の啄木は、強権を問題とし社会思想にも深くかかわっていたのでした。白秋のように浪漫的で感傷的な世界を、何としてもうち消して行かなければならないという自己規制が働いたと今井は指摘しています。

「呼子と口笛」の成立と「飛行機」

その結果、「はてしなき議論の後（一）～（九）」として連作された作品の中でも、比較的感傷的で弱々しい内容のものである（八）のような作品がカットされ、「はてしなき議論の後」「ココアのひと匙《さじ》」「激論」「書斎の午後」「墓碑銘《ぼひめい》」「古びたる鞄をあけて」「家」「飛行機」の、八編の私家版詩集『呼子と口笛』に編集されなおしたのでした。
巻頭の詩「はてしなき議論の後」の最初の部分を記します。

われらの且《か》つ読み、且つ議論を闘《たゝか》はすこと、
しかしてわれらの眼の輝けること、
五十年前の露西亜《ロシア》の青年に劣らず。
われらは何を為すべきかを議論す。
されど、誰一人、握りしめたる拳《こぶし》に卓《たく》をたたきて、
‘V NARÓD!’と叫び出づるものなし。

ロシアの革命運動醸成のために、「V NARÓD!」（ヴ・ナロード＝人民の中へ）と叫んで、農民や民衆の中に入っていった一八七〇年代のナロードニキと呼ばれる青年に対して、それから五〇年後の明治時代の日本の青年は、議論はしてもなかなか行動を起こそうとしないことに対する焦燥がテーマになっています。
そして最後におかれ、人口《じんこう》に膾炙《かいしゃ》（人々によく知れ渡っていること）されているのが「飛行機」（明治四四年六月二七日）です。

見よ、今日も、かの蒼空《あをぞら》に
飛行機の高く飛べるを。

給仕づとめの少年が
たまに非番の日曜日、
肺病やみの母親とたつた二人の家にゐて、
ひとりせつせとリイダアの独学をする眼の疲れ……

見よ、今日も、かの蒼空に
飛行機の高く飛べるを。

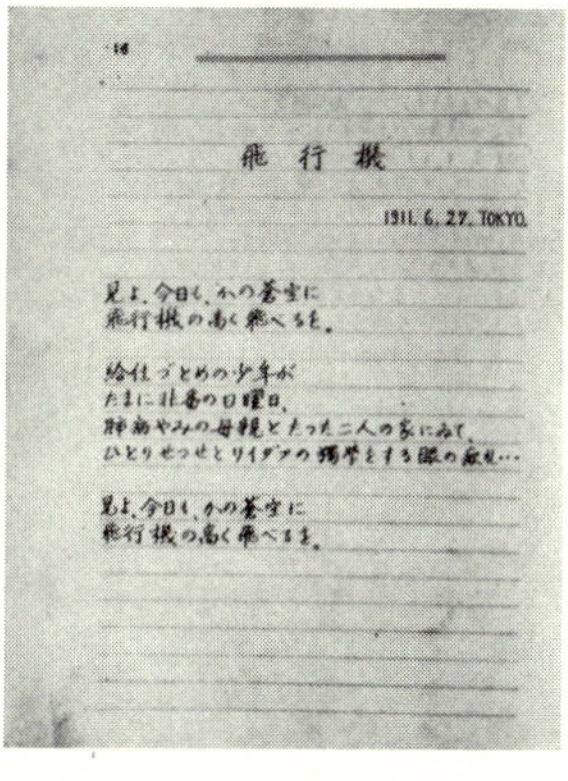

詩稿ノート『呼子と口笛』より

日本で最初に飛行機が飛んだのは、この詩が書かれた一年半ほど前の一九一〇年（明治四三）一二月一九日（日本初飛行の日となっています）のことでした。フランス製の飛行機が三〇〇メートルほどを飛びました。国産の飛行機での初飛行は、この詩が書かれる一カ月ほど前の一九一一年（明治四四）五月で、地上四メートル、距離としては六〇メートルほどでした。翌年には所沢に飛行場が造られています。この詩「飛行機」は、このような時代背景から詠まれています。

給仕《きゅうじ》（当時の職業で、官庁や会社などの雑用をした人のこと）務めの、貧しい少年のお母さんは結核ですので、いつ亡くなるかわかりません。また少年に感染するかもしれません。そのような中で、当時の時代が求めた英語の勉強をして偉くなって下さいとエールを送っています。私の一番好きな啄木の詩です。

このように啄木の詩の世界は、文語定型詩の難解でわかりにくい作品から、一度は口語自由詩になり、また文語詩になりながらも具体的でわかりやすく、人々によく口ずさまれる作品になったのでした。

4　小説の世界

小説家になりたかった啄木

啄木と言えば短歌や詩が有名ですが、しかし、啄木は本当は小説家になりたかったのでした。登場人物や場面に託して、詩歌ではできない自らの思想を自由に語ることができるということや、さらに言えば原稿料を得て生活できるかもしれないと考えたためでした。そして生涯に一五編の比較的まとまった作品と、創作ノートに数多くの未完の作品を残しました。一五編の作品をテーマ別に分けますと、学校を舞台にしたもの、新聞社を舞台にしたもの、そして地方を舞台にしたものになります。

まず学校を舞台にしたものとして、「雲は天才である」「道」などがあります。「雲は天才である」（明治三九年稿）は、啄木の生涯が映画化（中川信夫監督、岡田英次主演、昭和二六年）された時には、その題名にも使われました。

主人公で代用教員の新田耕助《あらたこうすけ》は、自分が作詞作曲した歌を校歌にしたいと考えます。しかし、田島校長や首座訓導《しゅざくんどう》（旧制小学校の正規の教員のこと）は、文部省の学校管理規則により禁止しようとします。結局教え子の児童らがこの歌を合唱して職員室に入ってきて、新田の歌が支持されるところで前半が終わります。

後半は石本俊吉《しゅんきち》が学校にやってきて、独自の生き方をする天野朱雲《あまのしゅうん》のことを噂《うわさ》する物語

に と変わってしまい、テーマは前半と後半で異なってしまいます。どちらかと言えば、若き代用教員が自らの信念に基づいて行動する前半に魅力があると言えます。

新聞社を舞台にしたものに、「我等《われら》の一団と彼」「札幌」などがあります。「我等の一団と彼」（明治四三年稿）は、知識人の苦悩を描いた作品として評価されています。亀山ら五、六人の仲の良い社会部の記者の一団に、高橋彦太郎が入ってきてお互いの生き方や時代思潮についての意見を交わすという物語です。とりわけこの議論の場で示される、新しい時代にうまく乗り切れない知識人高橋の苦悩が語られるところが読ませどころです。

最後の地方を舞台にしたものには、「葬列《そうれつ》」

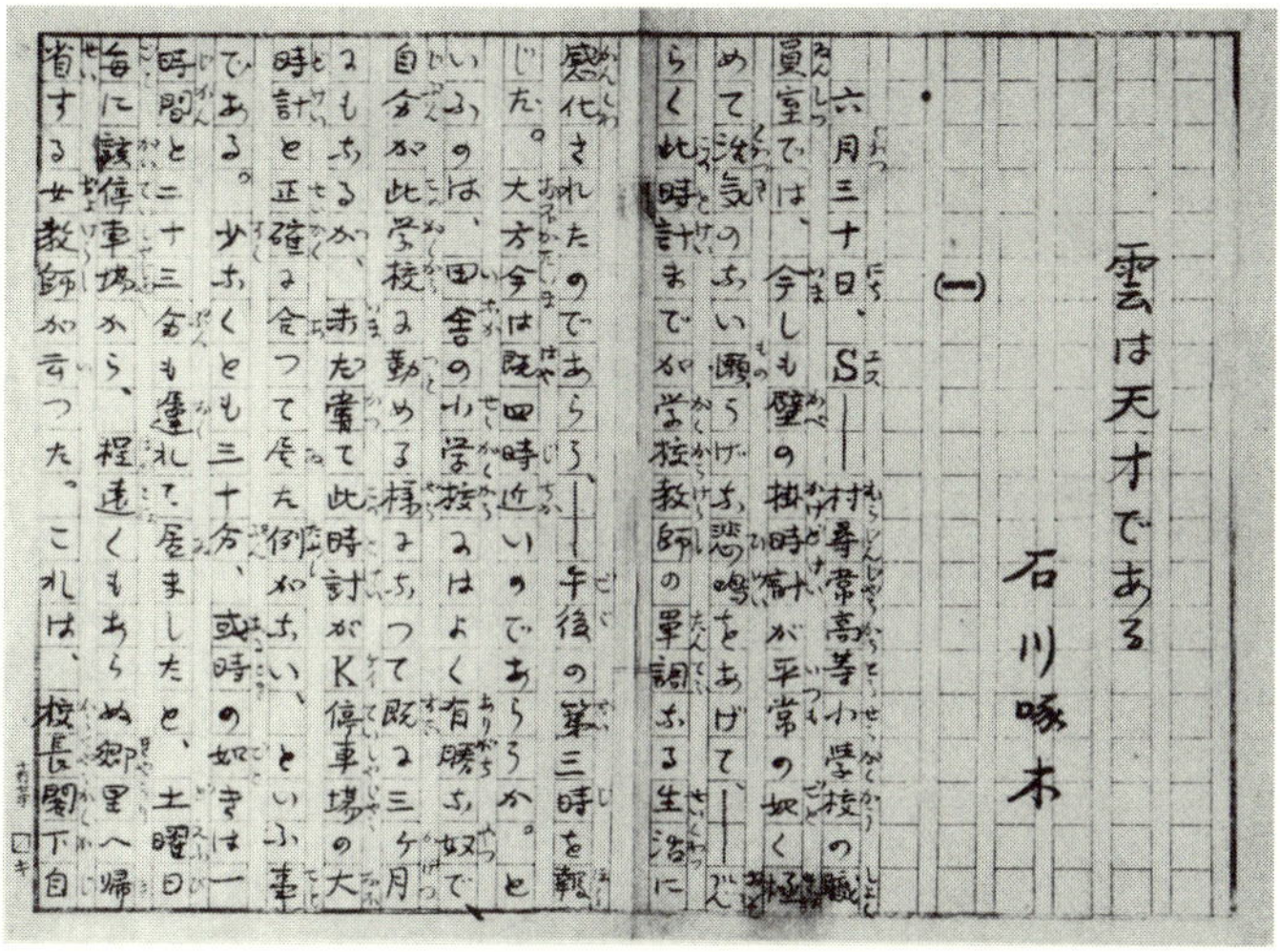
雲は天才である　石川啄木

(一)

六月三十日、S——村尋常高等小学校の職員室では、今しも壁の掛時計が平常の如く極めて活気のない懶うげな悲鳴をあげて、——恐らく此時計までが学校教師の単調なる生活に感化されたのであらう、——午後の第三時を報じた。大方今は既に四時近いのであらうか。といふのは、田舎の小学校にはよく有勝な奴で、自分が此学校に勤める様になつて既に三ケ月にもなるが、未だ嘗て此時計がK停車場の大時計と正確に合つて居た例がない、といふ事である。少なくとも三十分、或時の如きは一時間と二十三分も遅れて居ましたと、土曜日毎に該停車場から、程遠くもあらぬ郷里へ帰省する女教師が云つた。これは、校長閣下自

『雲は天才である』冒頭

「鳥影《ちょうえい》」「赤痢《せきり》」などがあります。「鳥影」（明治四一年）は、島田三郎主宰《しゅさい》の「毎日新聞」（現在の毎日新聞とは異なります）に五九回連載し原稿料を得た作品です。東京の大学に行っている小川信吾が夏休みに渋民《しぶたみ》村に帰省し、その一夏《ひとなつ》に様々な人たちと出会ったことが描かれる叙情性あふれる作品です。

このように啄木は、小説にも多くのエネルギーを費やしたのでした。しかし、短歌や詩ほどに成功しなかったのは、あまりに短い人生であったが故に構成を練ることなどに十分な時間的な余裕がなかったためと思われます。もう少し長く生きていたら、優れた小説家になっていたであろうという可能性を感じさせます。

「雲は天才である」と「ワグネルの思想」の類似性

私が興味深く思うことがあります。それは処女作の「雲は天才である」は、それより三年ほど前に書かれた評論「ワグネルの思想」（明治三六年）に構成と内容がよく似ていて、評論を小説に置き換えて反復創作しているのではないかということです。そしてさらにその人物像は、それ以後の作品に反復されているということです。

「ワグネルの思想」の前半は、一九世紀の西欧において形式の社会に反乱を起こしたニーチェとトルストイについて記されます。この二人は思想的には全く正反対なのですが、しかし、「乱世の英雄」「民衆の願望の迎合者」という英雄においては、同じであることが記されます。そして後半では、その両者は全く正反対に近い思想の持ち主で、ニーチェは「権力意志の権化」であり強者の道徳を説くものであるのに対して、トルストイは逆に「平等無差別の融然たる楽園」を模索し「博愛主義・共産主義」を説くものでした。その両者の調和、あるいは止揚《しよう》（アウフヘーベン、矛盾するものを統一し更に高い段階で生かすこと）するものとして「全能の光明者《こうみょうしゃ》」であるワグネルにゆだねられるというところで未完に終わっています。

一方、約四倍の長さである小説「雲は天才である」の前半は、学校現場における絶対的な形式である教授細目をかたくなに守っている年老いた校長や首座訓導らに対して、新教育を受けている若者の新田耕助が反乱を起こしてついに勝利するというものです。後半は、新田と同じ人生の戦士で英雄である石本俊吉と天野朱雲が登場します。ここでは新田は語り手となり、その二面の分身を象徴するような意味を込めて石本と天野が語られます。

石本と天野は、共に形式社会に反乱を起こしている英雄であるという点では同じなのですが、しかし、石本は「身の不具」者であり、「運命と云ふ病気に取り付かれたんです」と弱々しいのです。つまりトルストイの世界を象徴しています。逆に天野は「死か然らずんば前進、唯この二つの外に路《みち》が無い。前進が戦闘《たたかひ》だ」と意思を貫き、玉砕《ぎょくさい》さえ匂わせています。つまりニーチェの世界を象徴しています。そして小説の最後で、「建設の大業は後に来《く》る天才に譲」るというところで終わっています。

ざっと大まかに考えただけでも、前半における形式社会への反乱と、それが勝利し英雄となり一つの物語が完結するという内容と、後半の同じ英雄であっても正反対に近い思想や生き方の持ち主であることが描かれ、最後に「全能の光明者」や「後に来る天才」に託すと考えつつも、未完に終わるというところなどほとんど一致しています。結果的に小説は評論の構成や内容を反復していたと考えても良さそうです。このことを簡単に図式で示しておきましょう。

「ワグネルの思想」	（前半） 形式社会に反乱を起こした乱世の英雄 ニーチェとトルストイ	（後半） ニーチェとトルストイの相違と 二人の思想を止揚するワグネルの思想
「雲は天才である」	（前半）	（後半）

形式社会を重視する学校に反乱を起こし
英雄となった新田耕助

新田耕助の二面を代表する石本俊吉と
天野朱雲。後の天才に止揚を託す。

処女作に作家の原点がある

よく言われる言葉があります。それは「作家は処女作に向かって成熟する」とか「作家は処女作に向かって完成する」とか、あるいは「処女作に作家のすべてがある」というような言葉です。もちろんこれがすべての文学者に当てはまるかどうかはわかりませんが、啄木の場合はそのようなことがある程度言えるように思います。

それは一五編の比較的まとまった作品を見ていますと、処女作「雲は天才である」の全面的、あるいは部分的な反復が見られるからです。まず一つめは既に指摘しましたが、同じ学校現場を舞台にした小説「足跡」「葉書」「道」が書かれるということです。二つめはその中でも「足跡」「葉書」は、ほとんど「雲は天才である」のコピー作品であるということです。三つめは同じようなイメージの人物像が繰り返し描かれていくということです。

この同じようなイメージの人物が描かれるというのは、「雲は天才である」の石本俊吉的な人物像と天野朱雲的な人物像です。石本系というのは、片目であったり身長五尺であったり、七カ月児であったり、肺病で今にも死にそうであるというような、身体的なハンディを負い比較的内向していく人物として描かれます。

「雲は天才である」の石本は、「母の胎内《たいない》に七ヶ月しか我慢」できず「身の不具で弱くて小さい」云々と記されます。「鳥影」の山内謙三は、「一寸法師《いっすんぼうし》」とか言われ「肺病」を患っています。「我等の一団と彼」の松永は、「七月児《ななつきご》」と言われ「肺病」を患っています。さらに言えば、「二筋《ふたすじ》の血」の豊吉、「赤痢」の三国屋の亭主、「足跡」の由松なども同じです。

これらに対して天野系は、身体的に恵まれ表面的には豪快なのですが、実は繊細な内面と浪漫的な野心を持ち懸命に努力はするのですが、うまく世渡りができず社会の裏面を歩いている人物たちです。「雲は天才である」の天野は、「常に人生の裏路許《ばか》り走つて居る男」です。「我等の一団と彼」の新聞記者の高橋彦太郎は、経済上の苦しみをなめてきた人物で、社を休んで何か「一つ為事《しごと》をしやうか」と思うような、浪漫的な野心を持っているのですがうまくいきません。「菊池君」の新聞記者の菊池兼治《きくちかねはる》も、「放浪者」みたいな人で「人生の裏面を辿《たど》る人」なのです。

また、「雲は天才である」の新田耕助は、「漂泊」の後藤肇《ごとうはじめ》にそのまま反復されます。どちらも月給八円の代用教員をして児童とともにストライキを起こしています。このように啄木の小説創作の舞台裏をのぞいてみますと、実に様々なイメージや舞台や人物像の反復がなされながら、短期間に数多くの作品を書いていることがわかります。

小島信夫「アメリカン・スクール」との類似

比較的まとまった小説に、「道」（「新小説」明治四三年四月）があります。隣村で開かれる実地授業批評会に五人の教師が出かけ、その往復における会話が中心の作品です。この五人は「老人《としより》が三人で若い者が二人」と、若い今井多吉は話します。さらに「齢《とし》の順で歩いてゐたんでせう？　だから屹度《きつと》あの順で死ぬんだらうつて言つたんです」などと今井が悪口を言うので、「青二才《あおにさい》の無礼」者と批判されます。このように「道」は世代対立が描かれている作品です。

少し余談になりますが、私はこの作品を読んだ時にある作家の作品に構成が少し似ていると思ったものでした。それは小島信夫の芥川賞作品「アメリカン・スクール」（「文学界」、昭和二九年九月）です。この作品は第二次世界大戦終戦の三年後を経て、英語教師の伊佐《いさ》たつが県の学務指導課の柴元に引率されて、アメリカン・スクールを見学するために六キロの道を歩いていく会話の場面が前半の大部分を占めます。その部分に啄木の「道」との共通のイメージを感じたのです。もちろんテーマは全く異なっていますが。

さらに興味深いのは、実は小島信夫は「渋民小天地　石川啄木」（『私の作家評伝Ⅱ』新潮選書）の中で、啄木の小説に関心を示し評価している人であるということです。特に「道」については、次のように評価をしているのです。

この短編は渋民小学校らしきS学校の教師五人が郡の教育会の授業批評会に出かける道々のことが書かれ青年教師が女教師と先にきて遅れてくる年輩の教師を待ちうける話である。作者は老年と青年との関係を象徴的に扱ったというがメーテルリンクなどの影響があるやもしれぬ。モダンな感じのするものだ。これは今読んでも会話のやりとりで運ばれて行くのが新鮮で、落着いたものである。

現代文学を代表する高名な作家によって、啄木の「道」は評価されているのです。再評価されても良い作品と考えます。

病のテーマの先駆性「赤痢」

私は啄木の一五編の小説の中でも、とりわけ赤痢を扱った「赤痢」（「スバル」、明治四二年一月）と、精神の病を扱った「札幌」（明治四一年五月稿）は、今日においても問題視される作品と考えています。

ここでは、「赤痢」を取り上げてみたいと思います。この作品は東北の寒村を舞台に、気弱な主人公横川松太郎が天理教の伝道師となり、村で布教活動をするところから始まります。村に赤痢が発生し、松太郎は天理教の布教にからめながらお供《そな》え水として伝染病に効くと聞いた葡萄酒《ぶどうしゅ》を売り始めますが、それを飲んだ人々にも赤痢が発生し、結局破綻していくという物語です。

私が評価したいと思うのは、この作品の中に描かれている赤痢の描写です。まず、赤痢ですが、啄木自身がこの作品を書く七年前に体験していることです。「当地昨今赤痢大繁昌《ママ》にて困り候全戸数の十分の一は交通遮断《しゃだん》の家に候《さうらふ》」（野村長一宛、明治三四年八月二四日）のようにです。また赤痢に関して、同じように赤痢を小説の中に取り入れた「鳥影」（「東京毎日新聞」、明治四一年一一～一二月）を執筆する直前に、医科卒業生の友人から「二時間許《ばか》りも赤痢病に関して訊《たず》ねた。これは〝鳥影〟に書くための準備だ」（日記、明治四一年一〇月一五日）ともあり、独自に勉強してもいました。

小説の「鳥影」においても智恵子などが赤痢になっていますが、それはあくまでも個人の病として描かれているのに対して、小説の「赤痢」は個人の病というレベルを超えて、村一つが遮断されるような、より大きな影響を与える社会的な病として描かれている点でまったく異なっています。その冒頭に、赤痢が村を襲った時の恐ろしさが描写されています。

駐在所の髯面《ひげづら》の巡査、（中略）医師、（中略）役場の助役、消毒器具を携へた二人の使丁《こづかひ》、この人数は、今日も亦《また》家毎《ごと》に強行診断を行《や》つて歩いた。（中略）鼻を刺す石炭酸の臭気《にほひ》が、何処《どこ》となく底冷のする空気に混じて、家々の軒下には夥《おびただ》しく石灰が撒《ま》きかけてある。——赤痢病の襲来を豪《かうむ》つた山間《やまなか》の荒村《あれむら》の、重い恐怖と心痛《そこびえ》に充ち満ちた、目もあてられぬ、そして、不愉快な状態《ありさま》は、一度その境を実見したんで無ければ、迚《とて》も想像も及ぶまい。

平常《ひごろ》から、住民の衣、食、住——その生活全体を根本《ねつこ》から改めさせるか、でなくば、初発患者の出た時、時を移さず全村を焼いて了《しま》ふかするで無ければ、如何《いか》に力を尽したとて予防も糞も有つたものでない。三四年前、この村から十里許《ばか》り隔つた或村に同じ疫《やまひ》が猖獗《しやうけつ》を極めた時、所轄警察署の当時《とき》の署長が、大英断を以て全村の交通遮断を行つた事がある。お蔭で他村には伝播《でんぱ》しなかつたが、住民の約四分の一が一秋の中に死んだ。尤《もつと》も、年々何《ど》の村でも一人や二人、五人や六人の患者の無い年はないが、巧に隠蔽《いんぺい》して置いて牻牛児《げんのしやうこ》の煎薬でも服《の》ませると、何時しか癒《なほ》つて、格別伝染もしない。（中略）初発患者が発見《みつか》つてから、二月足らずの間《うち》に、隔離病棟は狭隘《けふあい》を告げて、更に一軒山蔭《やまかげ》の孤家《ひとつや》を借り上げ、それも満員といふ形勢《すがた》で、総人口四百内外の中、初発以来の患者百二名、死亡者二十五名、全癒者四十一名、現患者三十六名、それに今日の診断の結果で復《また》二名増えた。戸数の七割五分は何《ど》の家も患者を出し、或家では一家を挙げて隔離病舎に入つた。

少し長い引用になりましたが、しかし、重要な描写なのです。なぜなら、日本の近代文学で、赤痢をきちんと取り上げ描写している作品がほとんどないからです。管見《かんけん》では長塚節《ながつかたかし》『土』（明治四三年）に赤痢の描写が二カ所あります。しかし、啄木が「赤痢」で描いたような想像を絶する疫病《えきびょう》の悲惨な様子は描かれてはいません。そういう意味でも、「赤痢」は、病を描いた作品として評価されて良い作品と思っています。

5　評論の世界

評論の世界

啄木は全集の一巻に相当する多くの評論を書きました。その内容を時期と内容によって大きく前半と後半に分けることができます。

まずは、初期の浪漫主義期です。ある意味で啄木の天才主義期でもあり、奢《おご》り高ぶった姿勢が見られます。そういう中で自らの生き方の模索として書かれたのが、「ワグネルの思想」（明治三六年）です。この内容については後で記します。また、日露戦争が始まった直後には「戦雲余録」（明治三七年）を書き、進歩のためには戦争もあり得ると記したり、ポーランドが亡国になったことへの同情も記したりして、相矛盾するような視点が見受けられる時期です。

また、母校の「盛岡中学校校友会雑誌」に「林中書」（明治四〇年）を書き、「教育の真の目的は、『人間』を作る事である」という教育論を展開しました。もちろん「天才」主義のところもありますが、自ら実践していた代用教員としてのいわば教育理論として注目すべき評論です。

このような浪漫的で天才を任じる時期から、北海道に渡り現実の厳しさに直面することにより啄木は変化していきます。つまり、「敗れた天才」（「冷火録㈢」明治四〇年）と記したり、「卓上一枝《たくじょういっし》」（明治四一年）には自ら依拠《いきょ》した一元《いちげん》二面観《にめんかん》の誤りを記し、「『適者生存』の語あり。我等恐らくは今の世に適せず」と自らの敗北を記したりもしています。

北海道からの上京後には、「百回通信」（明治四二年）を二八回にわたって「岩手日報」に連載しています。これは文芸のみならず、東北振興策、地租軽減問題、教育問題など、国内の政治や社会さらに外国のことまで及ぶもので、ジャーナリストとしての啄木の幅広い関心や知識を示しています。

そして、妻節子の家出（明治四二年一〇月）の直後に、自らの浪漫主義を批判する評論「弓町より　食ふべき詩」（一一、一二月）を執筆します。そこで「両足を地面《ぢべた》に喰つ付けてゐて歌ふ詩」であり、「実人生と何等の間隔なき心持を以て歌ふ詩」でなければならぬという文学観を示しました。さらに「きれぎれに心に浮んだ感じと回想」（一二月）では、自然主義文学者の長谷《はせ》川《がわ》天渓《てんけい》に対しては国家という問題に直面していない態度を、また田《た》山《やま》花《か》袋《たい》には人生の態度に批評の無さを批判するのでした。

そのような自己や他者に対して厳しい見方をするようになった時に大逆事件に遭遇《そうぐう》し、「時代閉塞の現状（強権、純粋自然主義の最後及び明日の考察）」（明治四三年稿）を執筆します。この中で、今の時代は「強権の勢力」が「普《あまね》く国内に行亘《ゆきわた》つて」いる「時代閉塞の現状」であるとし、「一斉《いっせい》に起《た》つて先《ま》づ此時代閉塞の現状に宣戦」し、全精神を「明日の考察」に向けなければならないと説きます。国家権力を敵として捉えた画期的《かっきてき》な論文でした。

「ワグネルの思想」の一元二面観

初期の啄木評論で注目すべきものは、なんといっても「岩手日報」に連載した「ワグネルの思想」です。これはいわば当時の啄木の生き方や思想がそのまま表れているものです。しかし、この評論は未完のためにその全体は伊東圭一郎宛書簡（明治三七年八月三日）や、日記（明治三九年三月二〇日）などに記されています。ここでは日記に記されたものを中心に、この思想を探ってみます。

この一元二面観は、ニーチェのような「意志拡張」の思想でも駄目で、真逆《まぎゃく》のトルストイの「自他融合」の思想でも駄目であり、その二者の良いところをとったワグネルの「意志拡張の愛」の思想が良いのだとする考えを示しています。もう少し詳しく記しますと、まずトルストイの思想を「凡《すべ》ての人が意志を放棄して平等の天蓋《てんがい》の下に集まる社会」とし、その正反対のニーチェの思想を、「意志拡張、自己発展にありとする個人主義」とします。その上で、「二は同情と弱者との道徳」であり、「一は権威と強者との道徳」であるとします。この二者を止揚《しよう》するものとして、ワグネルが持ち出されます。「ワグネルが其革命楽詩の中に現はした『意志拡張の愛』の世界観は、この正反対なる二大思想の各一端を捉へ来つて、聖壇の前に握手せしめた者と見られる。意志消滅を必要条件と思惟《しい》せられた『愛』は、ワグネルの天地に入つて意志融合の猛烈なる愛と変じた。消極性の愛の陰電気は積極性の意志の陽電気と合して、茲《ここ》に人生久遠の凱歌をあぐる大雷電を起した」と記されます。

どうでしょうか。おわかりになりましたでしょうか。これを簡単に図式で示しておきます。

（正）トルストイ――自他融合・意志放棄・平等・同情と弱者の道徳

（止揚）ワグネル――意志拡張の愛・意志融合の愛

（反）ニーチェ――意志拡張・権威と強者の道徳・個人主義

啄木は、これを「一元二面観」と呼ぶようになりますが、なぜこのような「一元二面観」を自らの考えとするようになったのでしょうか。近藤典彦は「一元二面観・個人主義」（『石川啄木事典』おうふう）で、啄木が中学を中退し文学的な成功を夢見て上京（明治三五年一〇月末）したが、翌年病を得て父に迎えられて帰郷した時に、何とか自らの生を立て直さなければならなくなったことがその理由であると考えています。私もその通りだと思います。啄木は人生最初の大きな挫折により、ニーチェのように単に意志拡張だけの生き方ではいけないことを悟り、止揚する生き方を選んだのでした。

もっとも、このような考え方の種本《たねほん》がありました。それは姉崎《あねざき》嘲風《ちょうふう》と高山樗牛《たかやまちょぎゅう》の往復書簡「高山樗牛に与ふる書」（「太陽」、明治三五年二、三月）、「再び樗牛に与ふる書」（「太陽」、明治三五年一〇月）などでした。ここには啄木が考えた一元二面観の発想がそのまま記されています。ただし、啄木のオリジナルのところもあり、それは嘲風が意志の否定・消滅にショーペンハウエルを持ち出しているのに対して、啄木はトルストイを持ち出しているということです。

なぜトルストイだったのでしょうか。それはトルストイを「一種の原罪論者」であり「博愛主義、共産主義者」を唱える人であると捉《とら》えており、強いナショナリズムの渦中にいた啄木にとって、キリスト教や社会主義を簡単には認めたくなかったためと考えられます。

しかし、この一元二面観の考えも、北海道時代に記された「卓上一枝」や宮崎郁雨宛書簡（明治四一年二月八日）で、「僕の一元二面観の哲学も、はた又、僕の一切の自負、将来に対する計画も、遂に矢張一種の生活幻像ではあるまいかと疑ふ事が度々ある」と記すように、その限界を悟っていき、以後は全くこの一元二面観の考えを記すことはなくなるのでした。

「弓町より　食ふべき詩」からの啄木の再生

啄木文学を前半と後半というように大きく分けることができるとすると、それは一九〇九年（明治四二）一〇月の妻節子の家出の前と後です。文学中心の生活から実生活中心に視点を大きく反転させたところから後半と考えることができます。そしてそれを象徴的に示したのが、「弓町より　食ふべき詩」（明治四二年一一、一二月）です。

このことは既に本書第1章の「『天職』は文学にあらず」のところで記しましたので、詳しくはそちらを見て下さい。要するにそれまでの啄木にとっての「天職」は、文学活動をすることだったのです。そのために生活がおろそかになっても構《かま》わなかったのです。しかし、この「食ふべき詩」の中で明確に「詩を書くといふ事は何人であつても『天職』であるべき理由がない」と、「天職」という言葉を使って否定しています。

そのことにより、「両足を地面《ぢべた》に喰つ付けてゐて歌ふ詩」であり、「我々の日常の食事の香《こう》の物の如く、然《しか》く我々に『必要』な詩」が重要なのであるとします。つまり、日常の暮らしの中での何気ない生活の言葉から生み出される詩歌ということです。

このような考え方は、さらに「歌のいろ〳〵」（明治四三年一二月）で、「一行に書き下すことに或不便、或不自然を感じ」たら、二行にも三行にしても良いし、「三十一文字」が不便ならどんどん字余りをすれば良いという考えになっていきます。そして内容についても、「これは歌らしくないとか歌にならないとかいふ勝手な拘束《こうそく》を罷《や》めてしまつて、何に限らず歌ひたいと思つた事は自由に歌へば可《よ》い」とし、「忙しい生活の間に心に浮んでは消えてゆく刹那《せつな》刹那《せつな》々々の感じを愛惜《あいせき》する心が人間にある限り、歌といふものは滅びない」と記しています。

三枝昂之《さいぐさたかゆき》は、このことを「二度と帰って来ない命の一秒の、その刹那刹那を愛惜する心。短歌はそれを表現する詩型としてかけがえがない。これが啄木の短歌観の核心である」(『啄木　ふるさとの空遠みかも』本阿弥書店)とし、これは佐佐木信綱、正岡子規、与謝野鉄幹・晶子の明治三〇年代の歌が「自我の詩」であるのに対して、啄木と同じようなことを言った窪田空穂《くぼたうつぼ》らの「明治四十年代の和歌革新運動の第二期」を、「平熱の自我の詩」と命名しています。

そして三枝はその具体的な歌として、「こみ合へる電車の隅《すみ》に／ちぢこまる／ゆふべゆふべの我のいとしさ」や「鏡屋の前に来て／ふと驚きぬ／見すぼらしげに歩むものかも」などを挙げていますが、啄木自身の変化が、短歌史的な変化とうまく連動していたのでした。

「時代閉塞の現状」――自然主義批判から国家批判へ

高名な評論ですが、内容が国家批判に及んでいたためか生前発表されることはありませんでした。啄木がこの評論を執筆することになる直接的な動機は、魚住折蘆《うおずみせつろ》の「自己主張としての自然主義」（「朝日新聞」明治四三年八月二二、二三日）に触発されたためでした。

啄木は、一時的にであれ自己暴露《ばくろ》の自然主義文学に魅力を感じながら、またそれらへの疑問や批判も同時に持っていました。しかしながら、それをうまく自分の問題として解決することができませんでした。ところがその解決を折蘆論文に見つけハッとします。つまり、一般的に自然主義と呼ばれている文学は、もともと「自己主張的傾向」と「運命論的、自己否定的傾向（純粋自然主義）」のまったく相矛盾《あい》する傾向が結合していたのであり、それ故に自然主義は理論上の最後を告げ、自己分裂の痛ましい悲劇に際会しているというのです。

啄木はこれによって、「自分が、日露戦争後の自然主義思潮興起以前からあった『自己拡充の精神』によって自己形成をとげた者であること、それにもかかわらず理想を見失って『デテルミニステイックな』『自然主義』と『一時聯合』していた者であるということを教えられ、未練なく自然主義と決別することができた」（今井泰子『石川啄木集　日本近代文学大系23』角川書店の補注）のでした。

しかし、折蘆の分析には反論もありました。つまり折蘆が、自己主張的傾向と自己否定的な相矛盾する自然主義を結合するために、彼らが「共同の怨敵」をもったのであるとし、その「共同の怨敵」を「オーソリティ」とし、さらに今日の「オーソリティ」は、「国家である、社会である」としたことです。

これに対して、啄木は「それが明白なる誤謬《ごびゅう》、寧《むし》ろ明白なる虚偽である事は、此処に詳しく述べるまでもない。我々日本の青年は未《いま》だ嘗《かつ》て彼の強権に対して何等《なんら》の確執《かくしつ》をも醸《かも》した事が無いのである。従つて国家が我々に取つて怨敵《をんてき》となるべき機会も未だ嘗て無かつたのである」と反論します。

もちろんこの啄木の考えは、「魚住の『オーソリティ』を『国家』＝『強権』と読みかえたところに特徴がある」（中山和子「時代閉塞の現状」『石川啄木の手帖』學燈社）のですが、まさにこのことにより国家を強権とし、それを敵として捉える発想を得ていくのです。ここから純粋な自然主義文学論から大きく飛翔《ひしょう》して、国家批判として後世に残る高名な評論になっていくのでした。

「強権と我々自身との関係」の具体性

啄木はこの後、「強権と我々自身との関係」をきわめて具体的に挙げていきます。それを列挙してみましょう。

①女子は明治維新の新形成を男子の手に委《ゆだ》ねた結果、法規の上にも、教育の上にも、実際の過程の上にも男子の奴隷《どれい》として規定されている。
②男子たる青年も、今日の問題も青年の時代である明日の問題も、まったく父兄の手に一任している。
③青年男子は徴兵検査に非常な危惧《きぐ》を感じている。
④青年の権利である教育が、富裕なる父兄を持った一部の特権となり、また無法なる試験制度のために制限されている。
⑤国民の食事を制限している高率の租税の使い道の問題。
⑥教育者になっても、文部省の規定に従った授業しかできず、もし規定以外の独創的な授業を行《おこな》えば退職させられる。
⑦重要な発明をしようとしても、資本という勢力の援助なしにはできない。
⑧一般学生は着実になったと言われるが、それは在学中から就職の心配をしなければならない現実があるからである。
⑨毎年何百という官私立大学卒業生の半分は職を得ることができずにいる。

⑩さらに何十倍何百倍の多数の青年は、その教育を受ける権利を中途半端で奪われ、生涯勤勉努力しても三〇円以上の月給を取る事ができない。
⑪日本には今「遊民《ゆうみん》」という不思議な階級がその数を増やし、父兄の財産を食い減らしている。
⑫戦争とか豊作とか飢饉《ききん》とか、すべてある偶然の出来事が発生するのでもなければ振興する見込みのない一般経済界。
⑬財産と道徳心を失った貧民と売淫婦《ばいいんふ》との急激なる増加や、無数の売淫婦が逮捕されても拘禁《こうきん》する場所がないために、微罪不検挙になっている事実。

このような具体的な事例を挙げることができるほどに、啄木は現実の社会を深く見ていたのでした。そしてそれがこの評論にリアリティを与えていると考えられます。

「明日の考察」とその実践

「我々自身」の息詰まる生活状況や心理状況は、強権の勢力が国内にあまねく行き渡っているからであり、これが「時代閉塞の現状」なのであるとします。そしてこのような国家こそ「敵」であり、明確に打倒すべき相手として目標を定めるのです。強権を打倒するためには、批評性を失った自然主義や盲目的に反抗することや、江戸時代に回顧することをやめて、「全精神を明日の考察―我々自身の時代に対する組織的考察」をしなければならないと結論します。

　確かに啄木はこのような結論を出したのですが、しかし、『悲しき玩具』の中で次の歌（初出は「早稲田文学」、明治四四年一月）を詠んでいます。

新しき明日《あす》の来《きた》るを信ずといふ
自分の言葉に
嘘はなけれど――

　新しき明日の考察をしようにも、実際には強権があまねく行き渡っている時代においては簡単にはできないのでした。それでは、啄木自身はこの「明日の考察」のために一体何を行ったのでしょうか。それは雑誌「樹木《じゅもく》と果実《かじつ》」（この名称は啄木と土岐哀果の名前をイメージしてつけられました）の刊行でした。「時代進展の思想を今後我々が或は又他の人かゞ唱へる時、それをすぐ受け入れることの出来るやうな青年を、百人でも二百人でも養つて置く」（平出修《ひらいでしゅう》宛書簡、明治四四年一月二二日）ことを目標にしたのでした。そして雑誌「スバル」

にタイトルやその刊行の目的や編集者の名前を記した広告を載せています。しかし、啄木の慢性腹膜炎による入院と印刷所との折り合いがうまくゆかず、結局刊行されずに終わりましたが、啄木は最後まで新しき明日のための努力をしたのでした。

6　日記の世界

一〇年間一三冊の啄木日記

啄木は満一六歳の『秋韷笛語《しゅうらくてきご》（白蘋日録《はくひん》）』（白蘋とは当時の啄木のペンネーム）から日記を書き始め、満二六歳の『千九百十二年日記』まで、一〇年間にわたり一三冊の日記を書いています。妻の節子は亡くなる直前、宮崎郁雨に「啄木は焼けと申したんですけど、私の愛着がさうさせませんでした」（宮崎郁雨、「啄木日記と私」）と言っていますが、そのお陰で貴重な啄木日記が残ったのです。まさに節子の愛着の賜物《たまもの》でした。

この一〇年間にわたる日記は、その初期と晩年とで大きく変化しています。最初の『秋韷笛語』の書き出しは、「運命の神は常に天外より落ち来つて人生の進路を左右す。我もこ度其無辺際の翼に乗りて自らが記し行く鋼鉄板上の伝記の道に一展開を示せり」云々というもので、読むのも難しい気取りに気取った大仰《おおぎょう》な文語体のものです。

ところが、啄木最後の『千九百十二年日記』のその最後は次のようなものです。「日記をつけなかつた事十二日に及んだ。その間私は毎日毎日熱のために苦しめられてゐた。三十九度まで上つた事さへあつた」（明治四五年二月二〇日）云々と、啄木自身や家族の病のこと、それに伴って生じた困窮を正直に口語体で記しています。

このように、一〇年間にわたる一三冊の日記は、一六歳の前途《ぜんと》洋々《ようよう》たる浪漫的青年の大仰な文語調のものから、二六歳になり一家が病に倒れ困窮し、どうにもこうにもならなくなった絶望的な状況を虚飾なく赤裸々に記した口語調の日記への変化となっています。この落差に示された生涯の物語が、啄木の、そして啄木文学の魅力でもあります。その魅力の一端を、啄木の日記を読むことにより体験することができるのです。

正直で赤裸々な日記の魅力

啄木日記の魅力は大きく言えば三つあります。一つめは極めて正直に赤裸々に記されているということ、そして二つめは、生きることの希望に向かって自らを鼓舞《こぶ》するようなところがあり、それを読む私たちが癒《いや》されるということ。そして三つめは、読者を意識した作品としての物語性を持っていて読んでいて面白いということです。

まず最初の正直で赤裸々に記されているということですが、なぜそのようなことが魅力なのでしょうか。それは、逆に備忘録《びぼうろく》や客観的な記録に徹した森鷗外日記や、若き日の木下杢《もく》太郎日記などと比較するとよく理解できます。

例えば、鷗外は「夕に与謝野寛、平野万里、石川啄木至る」（明治四一年九月二日）と記すに過ぎませんが、同じ日の啄木日記では「茉莉子《まりこ》さんは新らしいピアノで君が代を弾いたり、父君の膝《ひざ》に凭《もた》れたりしてゐた」云々と、その日にあったことを生き生きと描写しています。

また杢太郎の日記には、「石川啄木の処に行く」などと記されるだけですが、しかし啄木は「太田君（杢太郎の本名）の性格は、予と全く反対だと言ふことが出来ると思ふ。そして、此、矛盾に満ちた、常に放たれむとして放たれかねてゐる人の、深い煩悶と苦痛と不安とは、予をして深い興味を覚えしめた」（明治四一年一一月五日）云々と、共感や敬意を示しつつも、また相違があることを正直に記しています。

それではこのような正直に赤裸々に記すことは、一体どのような魅力があるというのでしょうか。このことに関して、ドナルド・キーンの指摘が大いに参考になります。キーンは、「明治時代の文学作品中、私が読んだかぎり、私を一番感動させるのは、ほかならぬ石川啄木の日記である」（『続　百代《はくたい》の過客《かかく》　下　日記にみる日本人』朝日選書）と記し、そしてその魅力は「ローマ字日記」に代表される徹底的に正直で「赤裸な自己表現」にあるとしています。

何故《なぜ》キーンがそのように考えることになったのかは、戦争中に情報将校としてハワイで日本兵の手帳に記された日記を読んだことにあるようです。その日記には戦争のスローガンしか書かない兵士もいましたが、しかし、「自分の心の奥に隠れている心理」を赤裸々に告白した日記もあったのです。キーンはその肉筆から伝わってくる、正直で赤裸々な苦痛に満ちた自己表現に感動したのでした。

もちろん戦争という極限状況と、啄木のような勝手気ままな状況とは異なっています。しかし、どちらも赤裸々に自己を表現するのは大変勇気のあることに違いありません。そういう点ではまったく同じなのです。

絶望の中で自らを鼓舞

さて、二つめの魅力ですが、生きる希望に向かって自らを鼓舞《こぶ》するところがあり、それを読むことにより癒《いや》されるということです。このことは日記の随所《ずいしょ》に記されていますが、最初に記されるのは満一六歳の挫折《ざせつ》の時です。つまり、啄木は旧制中学の五年で自主退学し、文学で身をたてるべく上京しますが、それから四カ月間孤軍奮闘《こぐんふんとう》した末、病を得て父に連れられて帰郷します。その時啄木を癒したのは、「尽くる事なき追憶に充《み》ち満《み》ちたるこのなつかしきふるさとの清浄なる空気（中略）温かき自然の殿堂」（与謝野鉄幹宛の書簡を明治三九年三月一一日の日記に映し取っている）でした。そのことを次のように日記に記します。

寂しい、静かな、平和な、田舎の夜の雨の風情ほど、云ひつくし難い趣は少ないものだ。百戸のこの村（中略）人足絶えた頃を、ふと門に立つと、平和、円寂、楽しさ、淋しさ、静けさ、満足、幸福……どれをどれとも解らぬ一種のうれしい感じが、冷やかな風と共に一陣胸の底まで吹いて入る。（中略）自分はたゞ無性に満足を感じて、何か斯《こ》う、感謝して見たい様な心地に成るのだ。（明治三九年三月一三日）

このように故郷の自然の懐《ふところ》で癒されている様が描写されるのですが、これを読んでいる私も知らず知らずのうちに癒されてきます。また、啄木は野辺《のべ》に咲く花にも癒されている様子を描写しています。

不図《ふと》、紫の色も仄《ほの》かな初菫《はつすみれ》の花を、栗《くり》の落葉の中から見出した。丁寧に摘《つ》み取つて、吸ふて見た。嗅《か》いで見た。そして我知らず泣いた。あゝ、落魄《らくはく》の境に処して不平やるせもなき我に、自然の愛だけはいつも昔の如く温かい。丈《たけ》二寸にも足らぬ一茎の小菫、嗚呼《ああ》汝の心を知るものは、我が心をも知り、又この全宇宙の深い心をも知るものであると自分は嘗《かつ》て歌ふた。今、この我が心の中を知つて慰めてくれるものは、実にたゞ汝の外には無い様な心地がする。（中略）持ち帰つて、清い水を玻璃《はり》の盃に盛つてそれに浮べた。心が何となく安らけくなつたやう。（明治三九年四月八日）

啄木の心が安らぐように、これを読む私たちの心も安らいでいくのを感じます。このような癒しの描写とともに、もっと絶望した時には自らを昂然《こうぜん》と鼓舞《こぶ》する言葉を記します。それは一九〇八年（明治四一）四月に、単身北海道から文学的成功を夢見て決死の覚悟で上京した時のことです。啄木は一カ月間に原稿用紙で三〇〇枚にも及ぶ小説を書きますが、売り込みに失敗します。

その時の日記は悲痛な感じで、「噫《ああ》、死なうか、田舎にかくれようか」（明治四一年六月二七日）、「死にたいといふ考が湧いた」（明治四一年七月一六日、一七日）というように、死という言葉が多く書かれるようになります。ところがその死をうち消すような言葉を日記に書くことにより、自らを鼓舞するのです。

蒼茫《そうぼう》たる天地の間の微々たる時間に活《い》くる我等！　所詮《しょせん》真に真面目に考へてくると、此苦き自覚より脱するには死の外にない。不如《しかず》、盲動あるのみである。考へるな、盲動せよ。噫《ああ》盲動するより外に此生を成すの路《みち》がない。（明治四一年七月二八日）

「不如《しかず》」と力強く死を否定して、生の方向に行きようと自らを鼓舞しているのです。このようなところにも私などは元気をもらうことができています。

読者を意識した創作作品

そして三つめの魅力です。それは読者を意識した作品としての物語性があるので、読んでいて面白いということです。このことに関して、寺山修司が「(啄木日記は)読まれることを前提として書いていることは明らかです。そういう意味では啄木自身が『石川啄木という一つの虚構』を支えていた」(岡井隆、北川透との座談会「自己内面化と時代　啄木の読み方」『現代詩読本　石川啄木』思潮社、昭和五五年四月)と指摘していますが、そのことと大いに関係しています。

もちろん啄木日記のすべてが、読者を意識して物語性を持たせていたのではありません。しかし、かなりのものは読まれることを前提に書かれていたと私は考えています。その代表的なものがいわゆる「ローマ字日記」です。また、実際に啄木はごく若い頃に日記を日記作品として投稿したこともありました。それは実際の「渋民日記」(明治三九年度)を、「林中日記」として「明星」に投稿したのです。二つを比較してみますと、内容的にはさほど大きな差はありませんが、明らかに描写が客観化され、さらに自己悲劇化され、第三者が読んでも面白いように工夫《くふう》されていることがわかります。

創作化の極みは、「ローマ字日記」(明治四二年四月〜六月)に見られます。まず、描写の客観化がなされています。例えば坂牛君で、「サカウシ君に、部屋の入口で会った。これは予と高等小学校のときの同級生で」（もちろん原文はローマ字です。しかし、本書では読みやすさを重視して、桑原武夫《くわばらたけお》編訳の岩波文庫『ISIKAWA TAKUBOKU ROMAZI NIKKI（啄木・ローマ字日記）』のひらがな漢字文に改めたものを使用します）云々とその説明がなされます。また下宿の女中のおきよには、「2月の末にきた女だ。肉感的にふとって、血色がよく、まゆが濃く」云々とその描写がなされ、第三者にもわかるようにされています。

　また、「ローマ字日記」の冒頭で、北海道に残してきた家族が上京するのを待っているということが記されます。このことは戯曲の前書きのように、この主人公は家族の上京の問題と、自

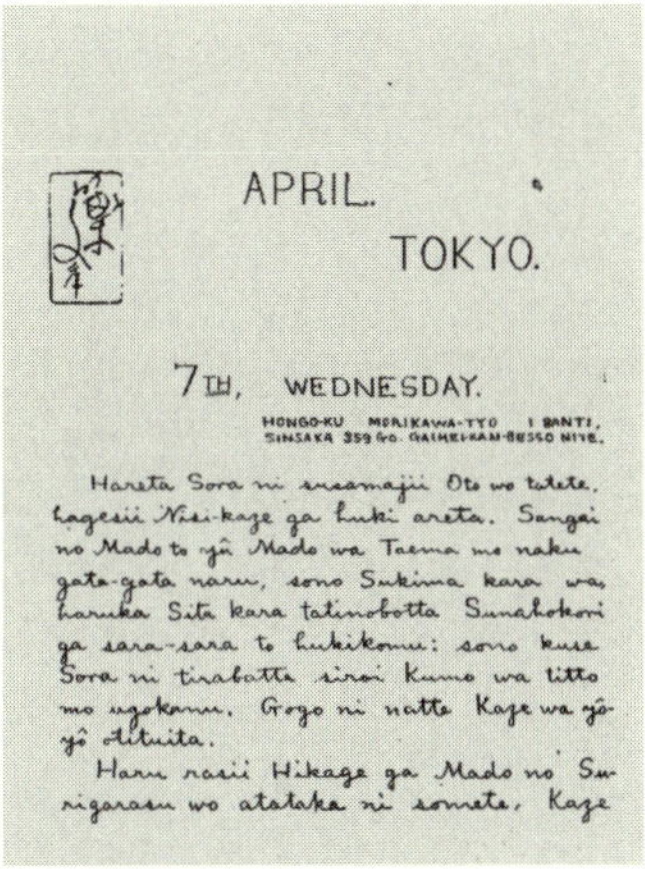
APRIL.

TOKYO.

7TH, WEDNESDAY.

HONGO-KU MORIKAWA-TYO 1 BANTI, SINSAKA 359 Go. GAIHEI-KAN-BESSO NITE.

Hareta Sora ni susamajii Oto wo tatete, hagesii Nisi-kaze ga huki areta. Sangai no Mado to yû Mado wa Taema mo naku gata-gata naru, sono Sukima kara wa haruka Sita kara tatinobotta Sunahokori ga sara-sara to hukikomu: sono kuse Sora ni tirabatta siroi Kumo wa titto mo ugokanu. Gogo ni natte Kaze wa yô-yô otituita.

Haru rasii Hikage ga Mado no Surigarasu wo atataka ni somete, Kaze

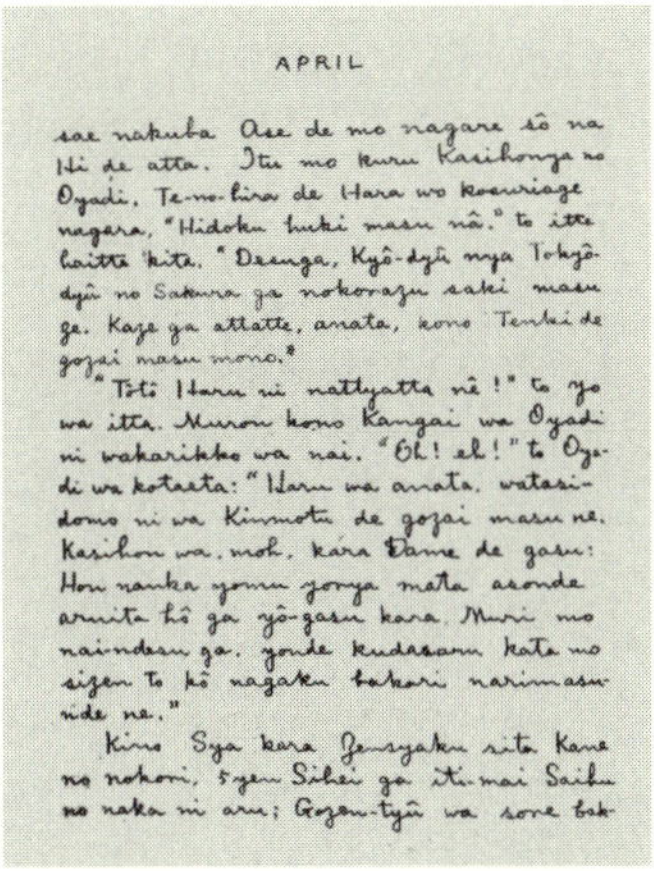
APRIL

sae nakuba Ase de mo nagare sô na Hi de atta. Itu mo kuru Kasihonya no Oyadi. Te-no-hira de Hara wo kosuriage nagara, "Hidoku huki masu nâ." to itte haitte kita. "Dsonga, Kyô-dyû nya Tokyô-dyû no Sakura ga nokorazu saki masu ze. Kaze ga attatte, anata, kono Tenki de gozai masu mono."

"Tôtô Haru ni nattyatta nê!" to yo wa itta. Muron kono Kangae wa Oyadi ni wakarikko wa nai. "Oh! eh!" to Oyadi wa kotaeta: "Haru wa anata, watasi-domo ni wa Kinmotu de gozai masu ne. Kasihon wa, moh, kara Dame de gasu: Hon nanka yomu yorya mata asonde aruita hô ga yô-gasu kara. Muri mo nai-ndesu ga. yonde kudasaru kata no sizen to kô nagaku bakari narimasu-nde ne."

Kinô Sya kara Zensyaku sita Kane no nokori, 5 yen Sihei ga iti-mai Saihu no naka ni aru; Gozen-tyû wa sore bak-

啄木「ローマ字日記」

らの文学的な勝負との葛藤《かっとう》を抱《かか》えていてそれをどのようにするのかがテーマであることを示しています。さらに言えば、家族の上京の問題は主人公に期限という壁の認識を与え、閉ざされた猶予《ゆうよ》期間内で自由を模索する青年の苦悩というテーマをも与えているのです。

そしてこの「ローマ字日記」の最後は、冒頭とつながるように家族の上京で終わっています。ここで一つの物語が終わったということです。ここからは、家族と共にどのように暮らし、文学と生活との問題をどう解決していくのかという新たなテーマになるのです。つまり、冒頭で家族の上京のことを殊更《ことさら》に書いているのは、偶然のことではなく物語に始まりを与え、そしてそのことは必然的に終わりを告げていたということで、結局は物語に枠組みをもたらしていたのでした。

さらに興味深いことがあります。それは「ローマ字日記」を書く直前の日記には政治的なことを記し、「ローマ字日記」を書いているときには「胃弱通信」（明治四二年五、六月）を記し、政治的・社会的なことを話題にしているにもかかわらず、「ローマ字日記」には社会的、時事的なことは一切記されていないということです。そこにも青年の家族の上京や性的な問題にテーマを絞っている強い意識を感じます。

三冊の艶本と性的な描写

「ローマ字日記」には買春の赤裸々な描写があることで有名です。そのことにより、とりわけ女性読者から非難や嫌悪を受けていることもまた事実です。しかし、それにしても啄木はなぜそのような赤裸々な性的な描写をしたのでしょうか。

その理由は、三冊の艶本《えんぽん》に影響されたためもあると私は思っています。「ローマ字日記」を書く少し前と書いている最中に、啄木は貸本屋から三冊の江戸時代の艶本（絵や文章により男女の性交渉を描いた本）を借りて読み刺激を受けています。「ローマ字日記」を書く前には『こころの竹』を読み、「それはそれは驚くべきほど情事を露骨にかいたものであった」（明治四一年一一月七日）と記し、「Hitachiya,Masako.」云々と浅草で遊んだ女性の名前をローマ字で書いています。

「ローマ字日記」を書いている最中には、『花の朧夜《おぼろよ》』と『情《なさけ》の虎の巻《まき》』を借りて、「予は昨夜、（中略）3時ごろまで帳面にうつした――ああ、予は！　予はそのはげしき楽しみを求むる心を制しかねた！」（四月一六日）とまで記しています。その夜には吉原に行き、さらに翌日には浅草に行き女性と遊んでいます。

啄木をそれほど刺激した艶本とは、一体どのようなものだったのでしょうか。『こころの竹』は人情本仕立てですが、各巻ごとに必ず激しい閨房《けいぼう》（寝室、女性の居間）描写がなされています。『花の朧夜』も同じように、各巻ごとに相手が変えられて情事が繰《く》り返され、最後に何組もの男女が集まって交歓が行われます。他人に覗かれてもよいための配慮からか、挿画《そうが》はそれほど激しいものではありませんが、変体仮名《へんたいがな》（現在使われている平仮名とは異なる異体の仮名）の文章による閨房描写は激しいものがあります。

今、私たちはポルノグラフィというと低俗で俗悪なものと考えがちですが、しかし、江戸時代においては高名な戯作者や浮世絵師も艶本を書いていましたし、また出版文化抑圧《よくあつ》の時代にあって庶民の抵抗の一つとしても存在していたのでした。

「ローマ字日記」には、買春の描写がかなりあからさまに描かれていますが、そのような描写ができたのは、もちろんローマ字という仮面のお陰であります。しかしそれはまた、変体仮名という簡単には読めない文字により書かれた艶本にも、同じように仮面の働きを意識したのではないでしょうか。そういう意味では、啄木は艶本からもヒントや刺激を受けて赤裸々な性描写をしたのだと思われます。

このように、「ローマ字日記」を含む啄木の日記は魅力に満ちています。そのことは拙著『啄木日記を読む』（新日本出版社）にも書きました。また、最近では西連寺成子《さいれんじしげこ》『啄木「ローマ字日記」を読む』（教育評論社）も刊行されました。詳《くわ》しくはこちらの方をご覧下さい。

7　書簡の世界

啄木書簡の全体像

啄木の書簡は一八九六年（明治二九）から亡くなる年までの一七年間にわたり、五一二通ほどが残されています。中でも一番多く残されている年は、北海道から上京した一九〇八年（明治四一）の一〇九通で、全体の五分の一ほどと突出しています。また宛先《あてさき》で一番多いのは宮崎郁雨宛で七二通、二番目が金田一京助宛で四四通、三番目が前田儀作《ぎさく》宛の二五通です。逆に当然書いているのに残されていないものとしては、妻の節子宛、与謝野鉄幹・晶子宛、夏目漱石宛などです。

一番長く書かれた書簡は、宮崎郁雨宛（明治四一年二月八日釧路より）で、約六五〇〇字もあります。ほとんど筆で書かれており、相当なエネルギーを使っていたことがわかります。また、詩と短歌だけしか書かれていないものもあり、並木武雄宛（明治四〇年九月二三日）は一〇連一二二行の詩と四首の短歌が記されているだけです。絵葉書も一〇通ほど残されていますし、外国にも出

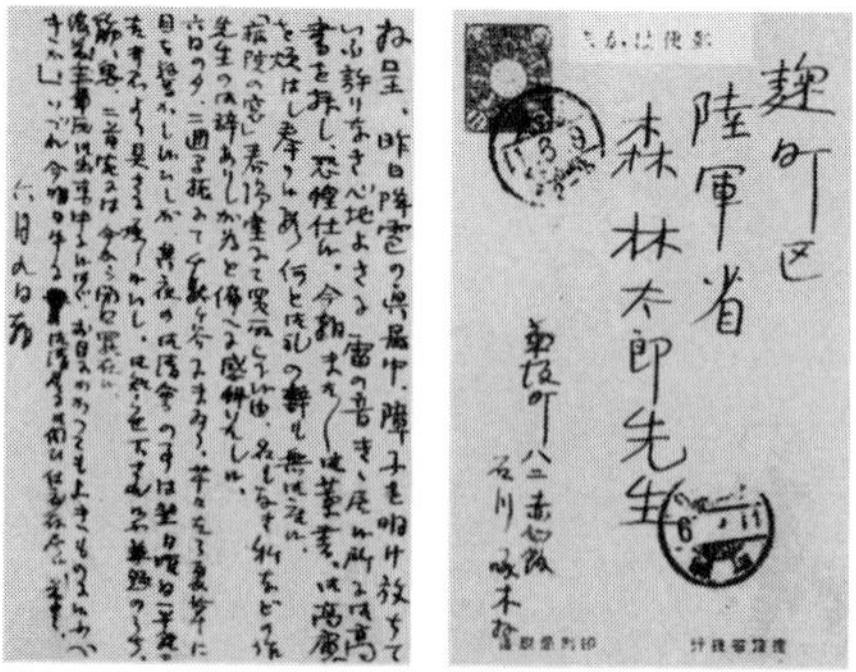

森鷗外宛手紙（M41.6.9付）

していて、アメリカにいた詩人の野口米次郎《よねじろう》や同じくアメリカにいた中学校時代の友人の川村哲郎に書いて返事をもらっています。

年度別に誰に宛《あ》てて書いたのかを調査してみましたら、その時々の啄木の人間関係が見えてきました。つまり、一〇代の啄木にとって盛岡中学校時代の友人である小林茂雄、野村長一《おさかず》などに多く書いており、また北海道に渡ってからは宮崎郁雨宛が圧倒的に多くなりますが、一九一一年（明治四四）九月の妻節子宛の書簡のトラブルによる義絶以後は一通も書かれていません。晩年は土岐哀果《ときあいか》に多く書いています。また、生涯を通じて書いていたのは金田一京助でした。

文体面に示された人間関係

既に拙稿「文体面から見たる啄木書簡──『候文体《そうろう》』から『口語文体』へ」（『石川啄木 その散文と思想』世界思想社）に書いたのですが、とりわけ啄木の書簡は文体面に大きな特徴があります。

啄木の時代は、中世から使われている堅苦しい候文体と、明治時代になってから言文一致《げんぶんいっち》の動きによって書かれるようになる口語体とが入り交じっている時代でした。それに従い啄木の書簡は、対人関係によって、また同じ人物でも親疎《しんそ》により明確に文語体と口語体に書き分けられていたのでした。

候文体だけで書かれていたのは、東京帝国大学の姉崎正治（嘲風）、森林太郎（鷗外）、金田一京助であり、珍しいところでは実は男性が書いていた筑紫《つくし》の歌人菅原芳子もそうでした。逆に親しみやすく気取らない口語体で書いたのは、妹の光子宛でした。また途中から文体が変化した人としては、函館で知り合った宮崎郁雨や大島経男《つねお》がいます。二人とも知り合って間もない頃は候文体が半分以上を占めていましたが、時が経つに従い口語体のみになっていきます。

さらに生涯にわたっての書簡からその変化を考えますと、実に興味深いことがわかってきます。つまり、啄木晩年の一九一一年（明治四四）と一九一二年（明治四五）に、急に文語体が減って口語体になっていることです。大逆事件以後の長男真一の死や自己の入院生活などの怒りや不安などの、どうにもこうにもならない気持ちを書簡に託《たく》して書く時に、形式張った候文体ではなく自らの心の内を思いっきり書くことのできる口語体になっていったと考えられます。

署名の数と変遷

啄木書簡のすべてに記された署名《しょめい》を調べてみますと、これまた実に興味深いことがわかってきます。つまり、生涯に五五種類もの署名を使っているということです。夏目漱石は生涯にわたり「夏目漱石」「金之助」「金」という署名で通しています。また、樋口一葉《ひぐちいちよう》も「なつ（奈津）」「夏」「夏子」「ひな子」という四種類くらいの署名を使いますが、ペンネームの「一葉」と記したものはありません。

それでは啄木が使った署名の多い順にベスト五を挙げてみます。石川啄木（一七〇通）、啄木（一五五通）、石川一（六二通）、石川（三三通）、白蘋《はくひん》（一二通）です。ところがこれ以外にわずか一回か、もしくは数回しか使われなかったものが三七種類もあるのです。それを少し挙げてみましょう。

「空腹坊」「石川麦羊子」「白玉楼認」「小石川の白蘋子」「仁王石川坊」「白蘋閣機山」「東京小石川詩堂の蘋子」「京ノ白蘋」「病瘦白蘋」「啄木老」「啄木庵素蘋」「Shibutami H.I」「Shibutami. A Dremer.」「Hajime Tokyo」「病啄木」「由井正雪」「逸民啄木」「哀れなるレリアン」「沼田三之助」「山鳥啄木」「よろこべる人」「キツツキ」「兄より」「弓町より」「啄」「腹の脹《ふく》れたる啄木」などです。

実に凝《こ》りに凝った大仰《おおぎょう》な署名をしていたことがわかります。ただし、このような凝った署名をしていたのは、特に啄木が書簡を書き始めた初期に多く見られる傾向です。それと母校渋民小学校の代用教員時代や、朝日新聞社に職を得た頃の時期であり、どちらも生活が安定して精神的にも落ち着いていた時期に多いのです。

逆に言いますと、署名の種類の少ないのは渋民小学校の代用教員を辞し一家離散となり北海道生活で苦渋を嘗《な》めていた時や、単身上京して苦労していた時や最晩年でした。これらは経済的にも精神的にも苦労し不安定であった時期です。つまり、経済的にも精神的にも安定している時には余裕からかふざけて、色んな種類の署名を記していたのに対して、落ち込んでいる時にはごく普通の署名をしていたのです。

そしてこのことは、候文体から口語体に変化していく理由とも合致しているように思われます。啄木をとりまく社会状況、個人状況を親しい人たちに訴えたいような落ち込んだ精神状況の時には、口語体でなおかつごく普通の署名にしていたのです。

書簡体形式の小説

啄木は書簡というものを、どのように考えていたのでしょうか。まず、興味深いのは文学者の書簡というものは残るものであるということを生前の体験として熟知していたということです。それは、「本屋の店に新刊の〝梁川《りょうせん》書簡集〟があつた。見ると予に与へられたものも四通か出てゐた」（日記、明治四一年一一月一三日）云々と記しているからです。当然啄木の書簡も後世に発表され、活字にされるかもしれないという感じはどこかにあったのではないかと思われます。

それともう一つは、啄木が小説、評論に書簡体型式をうまく使っているということです。例えば小説ですが、中に部分的に書簡を使ったものとしては、「鳥影」「赤痢」「我等の一団と彼」があり、また小説全体が書簡体形式のものとして、「赤墨汁《ぼくじゅう》」「Sakaushi-kun no Tegami（坂牛君の手紙）」「島田君の書簡」「底」があります。さらに評論においても、「渋民村より」「林中書」「空中書」「日曜通信」「胃弱通信」「百回通信」「大硯君足下」「郁雨に与ふ」「平信（与岡山君書）」など一三編あります。

このように、啄木は実際の書簡そのものを重要視しただけでなく、小説や評論の中でも書簡体をうまく使っていたのでした。なぜそのように関心を持ったのでしょうか。それは誰かに向かって語りかけるという二人称の文体が、読者にとっては直接的に語りかけられているような親しみを感じさせる効果があったり、また、他人の親書《しんしょ》を覗《のぞ》き見しているような昂奮を与えていると考えたからであると思われます。

小説や評論にこのような書簡体形式が多用されているというのは、翻《ひるがえ》って考えてみますと実際の書簡を書いている時にも、何らかの形でそのことが心の片隅にあったのではないでしょうか。つまり、書簡そのものの役割である実用的な用件を伝えるということ以外に、小説や評論を書くときと同じように、感情移入がなされ、必要以上に詳細な描写や会話がなされたり構成がとられたりして、創作的な意識があったのではないかということです。むしろそういうものがあったが故に、啄木の書簡は単なる実用的なものから離れて、読み物としての面白さをもたらして、今日にまで読みつがれている理由なのであると思われます。

啄木書簡に学ぶ書き出しの工夫

啄木の書簡の多くが、その書き出しで相手の懐《ふところ》に一気に入っていく書き方がなされています。少し例を挙げてみましょう。

「オヽ友よ我親しき友よ」（明治三五年一一月四日　細越毅夫宛）
「誠に御申訳ない程御無沙汰《ごぶさた》致しました」（明治三五年一一月一五日　細越毅夫宛）
「おヽ友よ」（明治三七年二月一〇日　野村長一宛）
「兄よ！　その後の御無音何とも御申訳なし」（明治三七年一〇月二三日　金田一京助宛）
「師よ」（明治三七年一二月一四日　姉崎正治宛）
「御ハガキ拝見せし時の嬉しさ！」（明治四一年一月一八日　金田一京助宛）
「筆につくされぬ前置は以心伝心《いしんでんしん》にて御諒察被下度候《ごりょうさつくだされたくそうろう》」（明治四一年四月一四日　宮崎郁雨宛）

「なつかしき芳子の君」（明治四一年七月二一日　菅原芳子宛）
「君。わが机の上にほゝゑみ給ふ美しき君」（明治四一年一一月五日　平山良子宛。実は平山良太郎という男性が女性の名前を使って書いていたのでした）
「長男真一が死んだ」（明治四三年一〇月二八日　石川光子宛）
「予にとつては、病院は牢獄でもない、また小なる宇宙でもない。矢張り病院である」（明治四四年二月一五日　並木武雄宛）
「お手紙はうれしかりき」（明治四四年二月二四日　大信田金次郎宛）
「西村さん。まる一年もすつかり御無沙汰してゐて」（明治四四年一二月二九日　西村真次宛）

もちろん「拝啓」や「啓」などという紋切り型で書き出している書簡も多くありますが、しかし、むしろ手紙をもらったその嬉しさをオーバーとも思える表現で書き出しているものが多くあり、そのような書き出

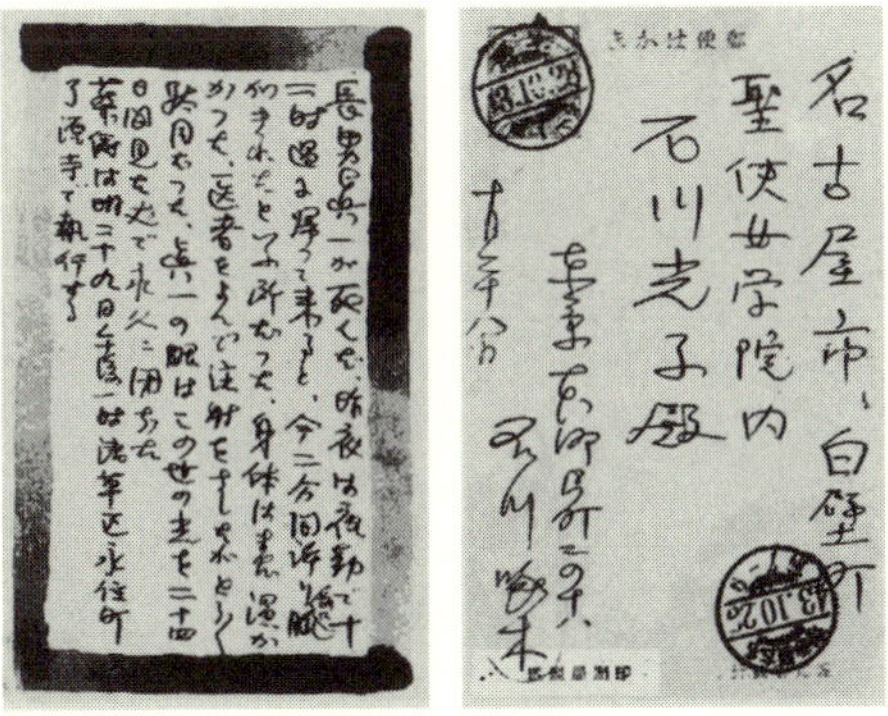

光子宛手紙（M43.10.28付）

しの書簡をもらったら嬉しいだろうなと思わせます。また自らとの親しい関係を最初に持ちだしていく書き出しや、その書簡の一番の肝心なことを書き出しに用いたりしています。こんな工夫が啄木書簡の魅力なのだと思います。

前借依頼はこう書け

啄木といえば「借金メモ」まで存在し、多くの借金をしたことで有名です。ところが実際に借金を依頼したりそのお礼の書簡は一二通ほどしか残っていませんし、そのほとんどが義弟の宮崎郁雨宛のものです。そこで、ここでは借金依頼ではなく、前借《ぜんしゃく》依頼の書簡を挙げながらその書き方の工夫《くふう》をさぐってみたいと思います。相手は西村真次で、同僚として朝日新聞社に勤めていた時に知り合いになりますが、西村は三一歳頃の一九一〇年（明治四三）に冨山房《ふざんぼう》に入り雑誌「学生」の編集主任をするようになりました。啄木は何度かこの雑誌に寄稿していました。書簡は、一九一一年（明治四四）一二月二九日のものです。

西村さん。まる一年もすつかり御無沙汰してゐて、突然こんな手紙を差上げるなんて、自分ながら自分の行為を弁護することも出来ない次第で御座いますが、よく〳〵の事だと思つて下さい。

今年はまるで病床に暮してしまつたのです。一月から悪く、二月一日に診察をうけて慢性腹膜炎だと言はれ、すぐ大学病院の施療に入院したのでしたが、同月末更に非常の発熱と共に肋膜《ろくまく》炎を併発し、その後退院はしましたが、病勢一進一退、（中略）肋膜が慢性になつてしまつてるので、春暖の頃にでもならなければ兎《と》ても恢復《かいふく》すまいと思つてゐます。

親があり妻があり子がある処へこの始末、それだけでも大変ですのに、その妻までが七月以来もう半年病院通ひをしてゐます。（中略）かういふ状態の処へ「年末」が来たのです。（中略）西村さん。兎ても申上げられない程の無理なお願ひなので御座いますが、万一出来ます事ならば、原稿料の前借といふやうな名で金拾五円許り御都合して助けて頂けますまいか。（中略）あなたの御命令の期日までに御命令のものを是非《ぜひ》かきます。私で出来るものなら何でも書きます。（中略）

十五円といふと私にとつては大金で御座います。しかし、実際の不足額の約四分の一で御座います。十五円あれば、四方八方きりつめて、さうして一円か二円正月の小遣が残る勘定なのです。何とかして（無理を極めたお願ひですが）助けていたゞけませんでせうか。お葉書を下さればすぐ妻にお伺ひいたさせます、三十一日の間に合ふやうに。

西村の懐《ふところ》に飛び込み、いかに自分や家族が困窮《こんきゅう》してどうにもこうにもならなくなっているかを、具体的な病名や数字などをあげながら詳細に説明していきます。そしてこれは借金ではなく、あくまでも前借であり原稿を執筆することで必ず返済するとしています。そして前借の額をきちんと指定して、その金額がいかに必要であるかを説明します。滑稽《こっけい》なのは期日を指定して妻を取りに伺《うかが》わせると書いていることです。

さて、西村はこの書簡を読んでどう対応したのでしょうか。実は翌年の一月二日に啄木が西村に宛てて書いた書簡が残っています。それによりますと、西村は一五円ではなく五円を元日にくれたようです。それも西村のポケットマネーであり、啄木はそのことに感謝し薬を買うことができるとし、また原稿を書くことも約束しています。

このように啄木の書簡は魅力に満ちています。もっと多くの具体的な書簡を読みたいと思われた方は、筑摩書房の『石川啄木全集　第七巻』を見ていただきたいのですが、アンソロジーとして平岡敏夫『石川啄木の手紙』（大修館書店）や拙稿「啄木の書簡」（『石川啄木事典』おうふう）をご覧いただければと思います。

8　寺山修司と井上ひさしの啄木受容の相違

寺山修司における啄木の影

啄木と実際の接触がない後代の文学者あるいは研究者で、一時的であれ啄木の影響を受けた人、あるいはその作品を愛唱する人、啄木について言及をした著名な人はたくさんいます。宮沢賢治、湯川秀樹《ゆかわひでき》、萩原朔太郎《はぎわらさくたろう》、斎藤茂吉《もきち》、中野重治《しげはる》、石母田正《いしもだしょう》、桑原武夫《くわばらたけお》、井上靖《やすし》、大江健三郎、水上勉《つとむ》、五木寛之《ひろゆき》、渡辺淳一《じゅんいち》、大岡信《まこと》、加藤周一、吉本隆明、澤地久枝、山折哲雄、岡井隆、佐佐木幸綱、三枝昂之《さいぐさたかゆき》、小池光、福島泰樹《やすき》、吉増剛造《ごうぞう》、関川夏央《なつお》、新井満《まん》など枚挙《まいきょ》にいとまがありません。しかし、その中でも寺山修司《てらやましゅうじ》と井上ひさしの受容は、私にはとりわけ興味深く思われますので、そのことを少し記してみたいと思います。

寺山修司と啄木についてですが、まず寺山修司自身が啄木に言及した文章をまとめた『啄木を読む—思想への望郷　文学篇』（ハルキ文庫）がありますし、さらに小菅麻起子《こすげまきこ》の「寺山修司における〈啄木〉の存在—〈啄木〉との出会いと別れ」（『初期寺山修司研究』翰林《かんりん》書房）をはじめとする研究があります。十代の寺山は、啄木短歌に影響を受けそれを模倣していました。それを少し挙《あ》げてみましょう。

思ひ出の痛さに泣きて砂山の千鳥《ちどり》数えぬ春のゆうぐれ（中三）

函館の砂に腹ばいはるかなる未来想えり夕ぐれの時（中三）
さらさらとすくえば砂はこぼれ落ち春のゆうべの飽《あ》きし時（中三）
砂山に夕日沈みて君一人砂に書く名の人いずこなる（高一）

などであり、いずれも寺山の中学三年、高校一年の時のものです。これらの歌は「啄木歌集の読後感ともいうべきもの」と小菅は記していますが、まったくそのような歌です。また、福島泰樹《やすき》は『寺山修司　死と生の履歴書』（彩流社）の中で「啄木になりたかった男」という章まで設けて、寺山と啄木をダブらせています。その中で寺山短歌と啄木短歌との類似性を何首か挙げています。

ふるさとの訛りなくせし友といてモカ珈琲《コーヒー》はかくまでにがし
（ふるさとの訛《なまり》なつかし／停車場《ば》の人ごみの中に／そを聴きにゆく）
マッチ擦《す》るつかのま海に霧《きり》ふかし身捨《みす》つるほどの祖国はありや
（巻煙草《まきたばこ》口にくはへて／浪《なみ》あらき／磯《いそ》の夜霧に立ちし女よ）
一本の樫《かし》の木やさしそのなかに血は立ったまま眠れるものを
（大木《たいぼく》の幹に耳あて／小半日《こはんにち》／堅《かた》き皮をばむしりてありき）

地下室に樽《たる》ころがれり革命を語りし彼は冬も帰らず
（平手《ひらて》もて／吹雪《ふぶき》にぬれし顔を拭《ふ》く／友共産を主義とせりけり）

などです。言われてみればそこに言葉や内容の類似性が指摘できると思います。私はさらに次のような歌もその影響下に詠まれたのではないかと思っています。

マッチ擦るつかのま海に霧ふかし身捨つるほどの祖国はありや
（マチ擦れば／二尺ばかりの明るさの／中をよぎれる白き蛾《が》のあり）
煙草《たばこ》くさき国語教師が言うときに明日という語は最もかなし
（新しき明日の来《きた》るを信ずといふ／自分の言葉に／嘘はなけれど――）
ふるさとにわれを拒《こば》まんものなきはむしろさみしく桜の実照《み》る
（石をもて追はるるごとく／ふるさとを出でしかなしみ／消ゆる時なし）
飛べぬゆえいつも両手をひろげ眠る自転車修理工の少年
（啄木の詩「飛行機」が背後にある!?）
砂に書きし朝鮮哀歌《あいか》春の波が消し終るまで見つめていたり
（大といふ字を百あまり／砂に書き／死ぬことをやめて帰り来れり）

死ぬならば真夏の波止場《はとば》あおむけにわが血怒濤《どとう》となりゆく空に
（今日もまた胸に痛みあり。／死ぬならば、／ふるさとに行きて死なむと思ふ。）

このような感じで、啄木との類似性が指摘できると思います。さらに寺山は、「啄木」を詠み込んだ短歌や俳句を作っています。それを次に挙げてみましょう。

啄木祭のビラ貼《は》りに来し女子学生の古きベレーに黒髪あまる
便所より青空見えて啄木忌《き》
啄木の町は教師が多し桜餅《もち》
タンポポ踏む啄木祭のビラ貼るため

つまり、若き日の寺山は啄木の短歌からその出発を遂《と》げていると言っても過言ではないと思われます。ところが不思議なことに、寺山は啄木を蹴《け》るように批判して啄木から去っていきます。それは一体なぜだったのでしょうか、私にはそれが不思議で仕方ありませんでした。それで、そのことを少し考察してみたいと思います。

生きた玩具に過ぎぬ妻

寺山の「一握の砂のしめり」(『文藝読本　石川啄木』河出書房新社、昭和三七年)や、「ああ、盛岡中学―若き日の啄木」(『石川啄木詩集』河出書房、昭和四二年)には、啄木への批判は基本的に見られません。ところが「望郷幻譚《げんたん》―啄木における「家」の構造」(「現代詩手帖《てちょう》」、昭和五〇年六月)になりますと、啄木の生涯は「『家』の不在によって充《み》たされていたように思われる」と書き出し、その妻や母、そして「家」に対する啄木の歌い方や書き方に強い調子で批判をしていきます。

例えば妻に対してです。啄木の「友がみなわれよりえらく見ゆる日よ／花を買ひ来て／妻としたしむ」などの歌を取り上げ、「『妻の目に映った自分』を詠《よ》んだ歌は一首もない」、「妻を、『他者』として扱う眼が全くなかった」と批判し、さらに「あまりある才を抱《いだ》きて／妻のため／おもひわづらふ友をかなしむ」を挙げ、「友」とは啄木のことであるとし、「一種の思いあがりである」と断罪《だんざい》します。そして「悲しい玩具の一つとして妻を扱う啄木は、どこまでもモノローグを生きた男であった。その内世界は円環《えんかん》的に閉じられており、終生、『何者』と出会うこともなく、彼等の一団と我とのすれちがいを生きたにすぎなかった」と批判します。

また、啄木は妻節子が家出をすると金田一京助に戻るのを哀願しますが、それは「妻の『家出』の内切を全く無視して、ただ引き戻すために猫撫《ねこな》で声を用いている――加害者でありながら、被害者を装《よそお》って友人たちのあいだをふれまわる」と批判します。そして「ローマ字日記」の中で、「現在の夫婦制度――すべての社会制度は間違いだらけだ。予はなぜ、親や妻子のために束縛《そくばく》されねばならぬのか?・」云々と記すことに対して、「だが、啄木の不自由が制度によって生みだされたものでないことは、あきらかである。実際、啄木は夫婦制度、社会制度から、自分の力で免《まぬ》がれることもできた筈《はず》だからである」と批判し、さらに次のように記します。

「啄木の中にひそむ、妻への支配的サディズムについては、多く書かれることはなかったが、誰もが妻を『虐《いじ》めながら、決して手放そうとはしなかった事実』については認めている。それが、小心で劣等感の強い男にとっての、屈折した愛情表現だったとみるのは、寛容というものであろう。一匹のネコを可愛《かわい》がり、首輪で束縛しながら、毛を全部引抜いてしまうような接し方は、病的な快楽であっても、ネコにとっての愛とは言えない。第一、ネコが哀れであるに」と。そして、「啄木にとっては妻も、母も、ただの『生きた玩具』であるにすぎなかったのであった」とまで記します。

しかし、なぜ寺山はこのように激しく啄木の詠んだ妻に対して批判するようになったのでしょうか、それもこの時期に。私にはそれがどうしても、寺山の私生活の変化からもたらされているように思えてなりません。と言うのも、寺山は一九六九年（昭和四四）一二月末に九條映子《くじょうえいこ》（現在は九條今日子）と離婚（結婚は昭和三八年）しているからです。

この離婚のことは、当時週刊誌にその記事をまとめた小川太郎が、『寺山修司　その知られざる青春』（中公文庫）で詳細に記しています。寺山と九條は、小川に自分たちの離婚の意義について色々と語っています。「届出を出した」が「しかし、べつに何も変わるわけではない」とか、「マイホームというか、従来の『家庭』といった型式が二人にとってイミをもたなくなっている」とか、「夫、妻といった観念をはなれて、作家、プロデューサーとして、また友人として、協力者として仲良くやっていくつもりである」といったものです。

しかし、実はこれは表向きのことであって、真相はもう少し複雑でした。実際には九條が「天井桟敷《てんじょうさじき》」の団員と恋愛関係になっていて、「寺山はそれをマスコミに知られるのを極端に恐れていた」（小川太郎）のでした。さらに離婚を言い出したのは九條の方でした。「私の方が先に『もうやっていけない』と思って家を出ちゃったの。あとで聞いてドキッとしたのは、彼はお母さんのところへ行って、泣いたみたい」（『鳩よ！』平成一二年六月号）なのです。

九條とは夫婦の関係としてではなく、新しいパートナーとしてやっていきたい。そのための離婚であるという表向きの理由とは異なり、実際には九條の恋愛関係が原因となった不本意な離婚だったのではないでしょうか。しかし、そのような自らの深刻な離婚を体験した寺山にとって、啄木は妻をないがしろにした生活をし、そのような歌を詠んでいながらも、そのまま結婚生活を続けていたことが許せなかったのではないでしょうか。あるいはそこに、自らの夫婦生活の結末との相違を感じざるをえなかったのかもしれません。

母との葛藤を歌に託せ

さらに寺山は啄木の詠んだ母に対しても、厳しく批判していきます。「ひと塊《くれ》の土に涎《よだれ》し／泣く母の肖顔《にがほ》つくりぬ／かなしくもあるか」「灯影《ほかげ》なき室《しつ》に我あり／父と母／壁のなかより杖つきて出《い》づ」などの啄木の母を詠んだ歌を引用し、「母一般のイメージであって『啄木の母』のイメージではない」とし、「嫁いびりをしたり、貧しさについて不平を言ったり、岩手に帰りたがったりする、わがままな『啄木の母』の固有性に、全く目を向けていないのである」と批判します。さらに、「たはむれに母を背負《せお》ひて／そのあまり軽《かろ》きに泣きて／三歩あゆまず」の歌を引いて、「これはてっきり、『母を背負ひて』捨てにゆくのだ、と思った」とも記します。

しかし、なぜ寺山は啄木の詠む母をこのように厳しく批判するのでしょうか。私にはどうしてもそこに寺山の母との関係と、それを詠んだ寺山の歌の存在があるように思われてなりません。よく知られていることですが、寺山と母との関係は実に複雑でした。寺山の父八郎は、一九四五年（昭和二〇）九月にセレベス島で戦病死します。母のはつは食うためにアメリカ軍将校のハウスメイドに雇われ、寺山は大叔父《おおおじ》の家に引き取られ扶養《ふよう》されます。母親はさらに中学生の寺山を残して、転任する米軍将校について九州に行って生活をします。

一五歳の寺山は「母逝《い》く」という短歌を発表しています。実際にはまだ生きている母の死を詠む歌は、「寺山セツの伝記」（『田園に死す』昭和三九年）にも、「亡き母の位牌《いはい》の裏のわが指紋さみしくほぐれゆく夜ならん」、「子守唄義歯もて唄ひくれし母死して炉辺に義歯をのこせり」というような歌にしています。

さらに「田園に母親捨ててきしことも血をふくごとき思ひ出ならず」、「母を売る相談すみゐるらしも土中の芋らふとる真夜中」、「母売りてかへりみちなる少年が溜息橋《ためいきばし》で月を吐きをり」や、「暗室より水の音する母の情事」、「母とわれがつながり毛糸まかれゆく」、「はこべらはいまだに母を避けながらわが合掌《がっしょう》の暗闇に咲く」などと詠み、さらに「母恋餓鬼《がき》」は「鬼あり、母と名づく」という書き出しになっています。

つまり寺山は、実に正直に己の母への愛情よりも、より一層強い憎悪を歌や俳句に詠んでいたのでした。ところが、啄木は同じように母に対して愛憎を抱きながらも、歌に詠むとなると表向きの愛情やあるいは世間体の方を優先したのでした。そこを寺山は鋭く批判しているのです。

寺山は「啄木は、妻の家出の直接の原因となった自分の母との葛藤に、何一つメスを入れることは、しない」と批判しています。そういう母親と対決せず、曖昧にごまかして母恋の歌を詠んでいる啄木が許せなかったのです。

国家を撃《う》つ前に「家」を壊せ

寺山は啄木の妻と母に対する態度や表現に激しい怒りを記すとともに、さらに「家」に関わる描写にも怒りを露《あら》わにします。

まず寺山は明治民法下における「家」の問題を示します。つまり、「家」は本来「国家」と対立する存在であったのに、それが「ヒエラルキー」として構成し、家族国家体制という形態の中に整序していったのが、明治民法である。明治民法は、国家を家族形態の統合概念としてとらえ、『義は君臣』『情は父子』という二律を、いつのまにか支配と服従の構造の中に組みこんでしまった。父子関係は擬制《ぎせい》され、天皇ヒエラルキーの一環とされ、巨大なモノローグとしての国家を補完することになっていった」とします。

そして寺山は、幸徳秋水らの天皇暗殺計画の「大逆事件」も、そのような制度化された父権への反逆と無縁のものではなかったと捉えます。つまり、家族国家体制の明治民法下では、

「家」は「国家」の縮小したものと考えられていたからです。

そうであるならば、啄木はなぜ「『家』を解散しようとせず、その焦《いら》だちを国家へ向け」たのか。「国家を撃《う》つ前に、まず『家』を壊《こわ》すことからはじめる方が、てっとり早かったのではあるまいか」と記し、次のように続けます。

啄木には、「家」へ帰りたくない、という歌はあるが、その「家」を出る、「家」をこわす、「家」を作り直す、といった歌は見られない。母を捨てる歌も、妻と別れる歌も、一首もない。孝行な、しかも夫尊妻卑《ふそんさいひ》の「革命思想」は、幻想であっても科学ではあり得なかった筈《はず》である。

寺山は啄木の「家」を詠んだ歌や詩は、ごまかしがあり正直さがなく、きちんと「家」の問題と対決していないと感じたのです。「国家」を撃ち新しい世の中を作ろうとするなら、なぜまずその最も身近な「家」を撃ち壊そうとしなかったのかと、啄木を批判します。

寺山がそのように批判できる自信は、もちろん寺山自身が自らの「家」を解散し壊して、新しい関係の「家」を構築していたということから生まれていると思われます。いや、そのようにせざるをえなかったというのが真相なのかもしれません。しかし、そのように追い込まれた自分に対して、同じように「家」の悲劇を味わっている啄木が、そのままでいたことに寺山は受け入れられないものを感じていたのかもしれません。

寺山の母についての違和感は、ずっと前から感じていたのでしょうが、妻についてそれを強く感じたのは、九條との離婚からだったでしょう。それらが相俟《あいま》って、啄木短歌そして啄木に対する限界や嫌悪を感じたのが、「啄木との別れ」だったのではないでしょうか。つまり、自らの家庭内の問題、家の問題を啄木にぶつけることにより、彼我《ひが》の相違から別れていくという一面があったということです。

実は寺山はこの文章の中で、啄木が「弓町より　食ふべき詩」の中で書いた、小説を書いたがうまく書けなかった「其時、恰度夫婦喧嘩をして妻に敗けた夫が、理由もなく子供を叱つたり虐めたりするやうな一種の快感を、私は勝手気儘に短歌といふ一つの詩形を虐使する事に発見した」という文章を、二度も引用しています。しかし私に言わせれば、啄木が丁度いらだちを短歌という詩形を虐使することにより晴らしていたように、寺山はまたそのいらだちを、啄木を虐使することにより晴らしているように思えてなりません。

寺山のこの文章の締《し》めくくりは、「情緒《じょうしょ》的安定を、つねに『家』の外に求めた啄木が、たまに気がとがめて一匹のネコを拾《ひろ》って帰ると、たちまち『家』の中は、『猫を飼はば／その猫がまた争ひの種《たね》となるらむ／かなしきわが家』となるのである。こうした『かなしきわが家』のために、人生処方詩集としての啄木の詩歌は、いささかの役にも立たなかったのであった。合掌《がっしょう》」となっています。

この「人生処方詩集」云々は、啄木自身が詩歌をそのようにできなかったということを示しているのでしょうが、私にはむしろ寺山が啄木の詩歌にその「人生処方詩集」の意味を求めることはできなかったが故に、啄木から去っていったのだというように感じてしまいます。ところが興味深いことですが、次の井上ひさしも同じような言い方をしながら、実は啄木から去ってはいないのです。そのことを次に記してみたいと思います。

井上ひさしの『泣き虫なまいき石川啄木』

それでは、もう一人の井上ひさしです。井上は座談会(「啄木の魅力」平岡敏夫、近藤典彦と。『国文学　解釈と鑑賞』至文堂、平成一六年二月号)で、啄木短歌で一番好きなのは、「東海の小島の磯《いそ》の白砂《しらすな》に／われ泣きぬれて／蟹《かに》とたはむる」であり、二番目に「きしきしと寒さに踏めば板軋《いたきし》む／かへりの廊下《らうか》の／不意のくちづけ」であるとし、さらに「飛行機」の詩は高校時代から愛唱していると話しています。

そして「啄木は、日本史の上で五指に入る、日本語の、言葉の使い手」であり、「日本語を望遠レンズにしたり、縄にしたり、瞬間固定剤にしたりして、想像を絶するような日本語の可能性を示した」とし、さらに「言葉に経済性があって、無駄がない。日本語がある限りこの技術は『指標とするに足る』最高の教師です」と、最大の褒《ほ》め言葉を使っています。

ただ、私が井上の啄木への関心のあり方で興味深く思ったのは、戯曲『泣き虫なまいき石川啄木』（昭和六一年、初演はこの六月）に描かれた啄木です。この戯曲は一九〇九年（明治四二）七月二九日から、啄木の死後の一九〇二年（明治四五）五月四日までを扱っています。つまり、啄木が函館の宮崎郁雨に預けていた妻子と母親を上京させた、六月一六日から四〇日ほど後がその始まりということです。

それは啄木の半独身生活が終わり、朝日新聞社に勤めながら家族と一緒に住んでいた時でした。しかし妻の節子は姑《しゅうとめ》のカツとのいさかいなどが爆発し、娘の京子を連れて一〇月二日に盛岡の実家に家出をしてしまいます。この戯曲は節子の家出をめぐる家庭内の問題が大きなテーマとなっています。

家出の前にも、節子が郁雨に自分の妹を嫁《とつ》がせようとしていることを、「まごど、腹黒《ハラグレー》いどころのある嫁でガンスヨ」と、母親のカツに言わせたりしています。実際に家出をすると、「節子ァ鬼よりむごい《ムゲー》女子《オナゴ》でゴアンス」と言い、置き手紙には「あてつけ《アデヅゲ》がましいつたらない《ネー》」と、母親のカツに憤慨《ふんがい》させています。

父親の一禎《いってい》と一《はじめ》（啄木）が語る場面があります。啄木は妻の節子の家出以後に生活を中心とする生き方に大きく人生観を変化させますが、戯曲の中の一（啄木）も「現生活で苦闘してゐる一個の人間です。両足を実人生といふ地面《ぢべた》にしつかり喰《く》つ付けて、そこで歌ふべき詩を探してゐる平凡人ですよ」と話します。それに対して一禎は「おまへ、実人生と妥協したな。神童とよばれ、天才とうたはれたおまへが凡人になりさがつたな」と批判しますが、啄木は次のように言い返すのです。

「節子に家出されたとき、僕のそのときの辛《つら》さや悲しみを和《やわ》らげてくれるやうな詩や小説があればなあと思つた。実人生の必要品としてさういふものが必要なんです。おとうさんにも実人生の辛さや悲しみがあるでせう。さういふとき、歌や詩で少しは慰められたいと思ひませんか」と。

私がここで注目したいのは、「節子に家出されたとき、僕はそのときの辛さや悲しみを和らげてくれるやうな詩や小説があればなあと思つた」、そしてそれが「実人生の必要品」として必要であると、井上が一（啄木）に言わせている点です。もちろん、これは実際に啄木がこのように文学を崇高《すうこう》なものではなく、もっと実人生に「必要な詩」（「食ふべき詩」）であると、変化させていったことを踏まえて話させているわけです。

しかし、私はここには井上自身が啄木の人生、そしてその詩歌に辛さや悲しみをやわらげられたという思いをメッセージとして託しているのだと思えてなりません。つまり、寺山が記した「人生処方詩集」としての意味を、啄木から見出していたのだということです。あるいは啄木を扱うことでそれを実践していたということです。そこに私は寺山との相違を感じるのです。

それでは井上は啄木の何にそれを感じたのでしょうか。実は井上は、丁度この戯曲を書く直前に啄木と同じような、あるいはもっと深刻な家庭内の問題を抱えていたのでした。そのことと大きく関わります。

井上の離婚騒動と啄木

おそらく『泣き虫なまいき石川啄木』が執筆されていた一九八六年（昭和六一）頃、井上家では大騒動が起こっていました。それは妻の好子《よしこ》が、井上の主宰《しゅさい》するこまつ座の舞台監督と不倫《ふりん》をしていたことが発覚したからです。そのことにより激しく家庭内でもめたあげく、翌年の六月に正式に離婚します。その後、好子はその男性と再婚し、井上もまた別の女性と再婚しています。

この当時のことを、妻だった西館《にしだて》好子は『修羅《しゅら》の棲《す》む家』（はまの出版）の中で実名小説という形で告白しています。好子は不倫が発覚した後、柳橋《やなぎばし》のマンションに逃げるのですが、井上が追ってきて「肋骨《ろっこつ》と鎖骨《さこつ》にひびが入」るような暴力を振るったとしています。また、好子は井上のDV（ドメスティック・バイオレンス＝同居関係にある配偶者や内縁関係者の間で起こる家庭内暴力）はそれ以前からで、とりわけ締め切りに追われるとそのプレッシャーからかDVが起き、「日常茶飯事《さはんじ》」になったと記しています。もっとも、嵐が過ぎれば「優しく愛され」ていました。

井上家三姉妹の一番下の石川麻矢《まや》が記した『激突家族　井上家に生まれて』（中央公論社）には、この辺りのことが記されています。「母が失踪《しっそう》して、恋愛相手の郷里まで行ってしまった時は、姉妹三人で迎えに行ったり、父が仕事が手につかなくなってしまうくらい精神が不安定になったりした」とあり、さらに「寝ている母を父が突然に殴《なぐ》る。母が『どうしてぶつの？』と聞くと父は、『おれがお前のことでこんなに苦しんでるのに、お前だけ寝てるなんて許せない』と言ってまた母を殴ったり、母が突然一時間ほど、行方不明になったりした」とあります。そして「母の恋のことで、父も母も私たち三姉妹も、精神的、肉体的にとても疲れていた」と記していますが、夫婦だけでなく子供にも大きな傷を残したのでした。

このような渦中《かちゅう》かあるいはこの直後に、井上は『泣き虫なまいき石川啄木』を執筆しています。この井上の家庭内の騒動を知ってもう一度この戯曲を読むと、啄木一家というよりもむしろ井上が自らの家庭内の騒動のことを語っているのではないかとすら思えてくる内容や言葉がたくさん見つかります。

例えば、節子と宮崎郁雨との関係のことです。母のカツは、亡くなった真一《しんいち》の位牌《いはい》に向かって次のように話します。「真坊、オメァのかあちゃんは非道《ヒドー》な女だぞ。とうちゃんとは別な男がらな、『貴女《あなた》一人の写真を撮《と》つて送つてください、ああ、わたしは貴女と一緒に死にたい』つー手紙、もらつたんだぞ。とうちゃん、ガックリ気落ちして我折《ガヲ》つてをりヤンス」と話し、「その男の名前は《ア》宮崎郁雨つってな」と名前を挙げます。さらに節子に「函館で、あの男がら、口説《くど》がれたごとはあつたのが」と質問すると、「はい、それとなく《ネグ》……」と節子は答えます。

宮崎郁雨

節子

さらにカツは「よいが《エーガ》、あの男とオメァ、枕ば交《かわ》したごど、あんのが」と訊《き》きますが、節子は「(口をきりりと結んでゐる)」というト書きのままで答えません。そして一(啄木)は、「情けない、節子も郁雨も情けない。(急に激して)妻と親友とに同時に裏切られて、この先、僕はどうやって生きて行けばいいんだ。僕は……」というセリフになっています。しかし、このセリフこそ井上自身のものだったのです。

またこれよりも前のところでは、妻の節子の家出の場面で、一（啄木）は金田一に次のようにその苦悩を訴えます。「妻に捨てられたと知つたときの僕は、情けないやら、心細いやら、途方に暮れるやら、さう、甲羅《こうら》を剥《は》がれた蟹《かに》か亀のやうなものでした。胃袋も腸も頭もどうにかなつてしまつて、ものを喰はなくてもちつともひもじくないし、夜は寝られぬ苦しさに好きでもない酒を呷《あお》り、無理して横になれば、涙で枕の下が海のやうになります。不幸中の幸ひ、といふのはなんだか変な云ひ方ですが、妻に男ができて、そのせゐで捨てられたといふことでなくてよかつた。もしさうだつたら、僕は狂ひ死にしてゐたでせう」です。

井上はこのようなセリフに、自らの家庭内の騒動を告白していたのではないでしょうか。もっともこのことは後に井上自身が認めているようですので、確実なことなのです。そこで私が思うのは、井上は啄木の家庭内の騒動を上手に使って戯曲に仕上げることにより、「その辛さや悲しみを和らげ」られていたのだということです。その対象は、直接的には啄木の詩歌ではなかったかもしれません。しかし、自らの家庭内の悲劇を仮託して告白することにより浄化し、苦しみを和らげてくれるものとして啄木があったということです。それ故に井上はその後も啄木から去っていくことはありませんでした。井上は啄木の人生の苦悩に、「人生処方」術を見つけたのです。あるいは見つけざるをえなかったのです。そこが寺山との相違のように思えてなりません。

人類普遍としての家庭内悲劇

それにしても興味深いのは、寺山、井上という文学者が共に家庭内の騒動のことで苦悩し、それを啄木にぶつけていたという共通点です。

もちろん澤地久枝《さわちひさえ》の『石川節子　愛の永遠を信じたく候』（講談社）があり、節子の側から生活者としての啄木を厳しく批判的にとらえた伝記が有名になり、家庭を顧みない啄木の人生が批判されています。そのことで啄木が批判されるのは当然ですが、しかし、その家庭内の悲劇そのものは啄木だけに限定されたものではなく、人類普遍の問題であるということが、寺山や井上の関わり方から見えてくるように思えます。

ただ、その時に啄木は問題に直面せず正直に記していないと、否定的に批判の対象にして切り捨ててしまうのか、あるいは啄木の苦しみを自らの境遇として引き受けて愛《いと》おしむことができるのかどうかが、啄木から離れていくかそのまま留まっているかの分かれ道になっているように思えてなりません。

啄木が家庭という葛藤を抱え苦しんでいたということ、それも親子という関係だけでなく、夫婦間の葛藤もあったことは、啄木文学をして単なる青少年の健全な文学に収まらない広がりや深さを与えているように思います。もちろんこれは独身者の記した文学を貶《おとし》めているわけではありません。ただそういう点で、宮沢賢治の世界とは自ずと相違を持つというのは事実でしょう。

独身者が知ることのなかった、異性との共同生活。そのことの葛藤を啄木が体験したのは、逆説的にいえば文学者としては幸福だったのかもしれません。啄木の「家」の問題、家庭の問題は、もっと議論し深めていくべき重要なテーマなのではないかとすら思えてきます。

石川啄木の略年譜

年号	年齢	主な出来事
1886年（明治19）	0歳（満）	二月二〇日（戸籍上）、岩手県南岩手郡日戸《ひのと》村（現在の岩手県盛岡市玉山区日戸）の曹洞宗《そうとうしゅう》常光寺に生まれる。住職の父石川一禎《いってい》と、母の工藤カツとの長男で一《はじめ》と名付けられる。二人の姉（サタ、通称サダ・トラ）がいたが、後に妹のミツ（通称光子）が生まれる。
1887年（明治20）	1歳	父一禎は、隣村の渋民《しぶたみ》村（現在の盛岡市玉山区渋民）の宝徳寺《ほうとくじ》の住職となり一家は転住する。
1895年（明治28）	9歳	渋民尋常《じんじょう》小学校を首席で卒業。盛岡高等小学校に入学。両親のもとを離れて盛岡市の母方の伯父や伯母のもとに寄寓《きぐう》生活をする。

〈資　料〉

１８９８年（明治31）	12歳	盛岡尋常中学校（現在の盛岡第一高等学校）に、一二八名中の一〇番の成績で合格。上級生に金田一京助《きんだいちきょうすけ》、野村胡堂《のむらこどう》、及川古志郎《おいかわこしろう》らがいた。一一年後に宮沢賢治《みやざわけんじ》が入学する。
１８９９年（明治32）	13歳	二年生に進級。後の書簡に、この頃より妻となる堀合節子《ほりあいせつこ》と恋愛をしていたと記している。生涯で最初の上京をする。雑誌を発行。
１９００年（明治33）	14歳	三年生に進級。二年生終了の成績は一四〇名中四六番。友人等とユニオン会をつくったり、回覧雑誌「丁二雑誌」発行。金田一京助から雑誌「明星」を閲読するなど、文学活動を精力的に行う。
１９０１年（明治34）	15歳	校内刷新運動が起こり、啄木たち三年生もストライキに参加する。四年生に進級。三年生終了の成績は一三五名中八六番。
１９０２年（明治35）	16歳	四年三学期の試験で不正行為があったとして譴責《けんせき》処分を受ける。五年生に進級。四年生終了の成績は一一九番中八二番。一学期の試験

		でも不正行為があったとして二度目の譴責処分。「明星」に「血に染めし歌をわが世のなごりにてさすらひここに野にさけぶ秋」が、白蘋《はくひん》の筆名で初めて掲載される。一〇月に退学届けを出し、上京して文学で身を立てようとする。初めての日記となる『秋韷笛語《しゅうらくてきご》』を書き始める。与謝野鉄幹《よさのてっかん》・晶子《あきこ》夫妻を訪問する。
1903年（明治36）	17歳	二月末、生活に行き詰まり体調を壊し、父に迎えに来てもらい帰郷。故郷の自然と節子に癒される。「ワグネルの思想」を発表。新詩社「明星」の同人となる。筆名の「啄木」を使い始める。
1904年（明治37）	18歳	二月に日露戦争が開戦し、「戦雲余録」を発表。父一禎が宗費一一三円滞納のために曹洞宗宗務局より住職罷免《ひめん》の処分を受ける。多くの詩を「明星」「太陽」などの雑誌に発表。
1905年（明治38）	19歳	一家は宝徳寺を出る。第一詩集『あこがれ』を刊行。詩集刊行のために上京し、節子との結婚のために仙台まで戻るが、結婚式には出席し

		なかった。盛岡市内で新婚生活を始める。「小天地」発行。
1906年（明治39）	20歳	長姉田村サダ結核で死去。渋民村に戻り齊藤方に寄寓。四月より母校の渋民尋常高等小学校尋常科の代用教員に採用される。月給八円。徴兵検査を受け徴兵免除となる。小説「雲は天才である」や評論「林中書」など執筆。長女京子誕生。
1907年（明治40）	21歳	三月、函館苜蓿社《はこだてぼくしゅくしゃ》の松岡路堂《ろどう》に函館行きを依頼。代用教員の辞表を提出してから高等科の生徒とともに校長排斥《はいせき》のストライキを行う。五月、一家離散の状態で北海道函館に渡る。弥生《やよい》尋常小学校の代用教員を行う。八月、函館大火に遭遇し、勤務先の学校などが焼失。九月、札幌《さっぽろ》の北門新報社に校正係として就職。一〇月、小樽《おたる》日報創刊にあたり記者として就職。月給二〇円、のちに二五円。同僚に野口雨情がいた。一二月、事務長の小林寅吉《とらきち》に暴力をふるわれ退職。
1908年	22歳	一月、西川光二郎の社会主義の演説を聴く。同月、釧路《くしろ》新聞社記者と

（明治41）		して就職が決まり、妻子を小樽に残したまま単身釧路に赴任。月給二五円。編集長格として活躍する。四月、創作活動へのあこがれから妻子を函館の宮崎郁雨に預け、単身海路で上京。五月より金田一京助の世話になりながら多くの小説を書くが、売り込みに失敗し生活に困窮《こんきゅう》する。その苦悩をまぎらわすように短歌が爆発的に生まれ、歌稿ノート「暇ナ時《ひまなとき》」にまとめる。九月、蓋平館《がいへいかん》別荘に移る。小説「鳥影」を新聞に連載。「赤痢」執筆。
1909年（明治42）	23歳	「スバル」創刊に際し発行名義人となる。三月、朝日新聞社に校正係として就職。月給二五円。四月、「ローマ字日記」執筆。六月、妻子と母が上京し喜之床《きのとこ》の二階で生活。一〇月、妻の節子が京子を連れて一カ月ほど実家に家出する。これを契機に生活態度を改めるが、その決意を「弓町より　食《くら》ふべき詩」（一一月）に記す。
1910年（明治43）	24歳	五月、幸徳秋水《こうとくしゅうすい》らの無政府主義者陰謀事件が発生し、以後「大逆《たいぎゃく》事件」の資料を集め記録する。八月頃「時代閉塞《へいそく》の現状」執筆。九月、

〈資　料〉

		朝日歌壇の選者に。一〇月、長男真一《しんいち》生まれるも二〇日余りで亡くなる。同月、「創作」に「地図の上朝鮮国にくろぐろと墨《すみ》をぬりつゝ、秋風を聴く」発表。一二月『一握の砂』刊行。
1911年（明治44）	25歳	一月、幸徳秋水ら二四人死刑判決の報道に衝撃を受ける。二月、慢性腹膜炎で東京帝国大学附属病院青山内科に四〇日ほど入院。四月、土岐哀果《ときあいか》と雑誌「樹木《じゅもく》と果実《かじつ》」の計画を企てるが断念する。六月、詩「はてしなき議論の後」（後に『呼子《よぶこ》と口笛』となる）を発表。八月、終焉《しゅうえん》の地となる現在の文京区小石川に転居。九月頃、宮崎郁雨から節子に送られた手紙をめぐって、郁雨と交友関係を絶つ。
1912年（明治45）	26歳	一月、母カツが肺結核と診断され三月に亡くなる。享年《きょうねん》六六歳。四月一三日午前九時三〇分、結核性の全身衰弱により、二六年と二カ月の生涯を閉じる。父一禎と妻節子、そして若山牧水《ぼくすい》が最期《さいご》を看取《みと》った。土岐哀果の生家である浅草等光寺で、夏目漱石《そうせき》、北原白秋《はくしゅう》、佐佐木信綱《のぶつな》、木下杢太郎《もくたろう》ら五〇人余りが参列して葬儀が行われた。法名啄木

	没後	居士。等光寺に仮埋葬される。六月に、第二歌集『悲しき玩具』刊行。同月、妻節子、療養先の千葉県安房《あわ》で房江《ふさえ》を出産。九月、妻節子二人の遺児を連れて、移住していた函館の実家に戻り借家生活をする。
1913年（大正2）		三月、啄木の遺骨は函館の立待岬《たちまちみさき》に葬《ほうむ》られる。五月、妻節子結核のために死去。享年二八歳。五月、土岐哀果の尽力で『啄木遺稿』を刊行。六月、『啄木歌集』を刊行。

本年譜作成にあたり、主として岩城之徳「伝記的年譜」（『石川啄木全集　第八巻』筑摩書房）と、望月善次「年譜」（『石川啄木事典』おうふう）を参照しました。

石川啄木入門テキスト（文庫本）

石川啄木のテキストについて、比較的安価で現在でも手に入りやすい文庫本に限定して案内します。

★文庫版・ちくま日本文学全集『石川啄木』筑摩書房、一九九二年（平成四）

（四七五頁の中に、『一握の砂』『悲しき玩具』の短歌のすべて、詩「呼子と口笛」、小説「我等の一団と彼」、評論「林中書」「時代閉塞の現状」「弓町より」、そして明治四二年日記と明治四四年書簡の一部が収録されているアンソロジーです。今一番適切なアンソロジーで、この一冊で啄木テキストの入門書としてふさわしいものです。解説は関川夏央《なつお》）

☆石川啄木作『啄木歌集』岩波文庫、一九四六年（昭和二一）

（『一握の砂』『悲しき玩具』「補遺」合計二一一一首の短歌が収録されています。啄木短歌の全体を知るもっとも優れた文庫のテキストです。解題は斎藤三郎）

☆石川啄木『一握の砂・悲しき玩具』新潮文庫、一九五二年（昭和二七）
（『一握の砂』と『悲しき玩具』が収録されています。解説は金田一京助）

☆桑原武夫編訳『ISIKAWA TAKUBOKU ROMAZI NIKKI（啄木・ローマ字日記）』岩波文庫、一九七七年（昭和五二）
（前半に原文のローマ字書き日記、そして後半に漢字ひらがな文に改めたものを収録しています。語句の索引と桑原武夫の丁寧な解説があります）

☆石川啄木著『時代閉塞の現状　食うべき詩他十篇』岩波文庫、一九七八年（昭和五三）
（表記の他に、「林中書」「卓上一枝」「性急な思想」「硝子窓」「A LETTER FROM PRISON」などが収録されています。解説は松田道雄）

☆大岡信編『啄木詩集』岩波文庫、一九九一年（平成三）
（『あこがれ』から八編、『あこがれ』以後から一〇編、散文詩五編、「心の姿の研究」六編、「詩六章」から六編、「呼子と口笛」から八編などが収録され、啄木詩の全体がきちんと捉えられています。解説は大岡信）

☆石川啄木『新編　啄木歌集』岩波文庫、一九九三年（平成五）
（旧版のものより一〇〇頁ほど厚く四四〇頁です。解説は久保田正文に変更）

☆石川啄木『石川啄木詩集　あこがれ』角川文庫、一九九九年（平成一一）
（詩集『あこがれ』「あこがれ以後」、詩稿ノート「呼子と口笛」が収録されています。解説は俵万智）

☆石川啄木『石川啄木歌文集』講談社文芸文庫、二〇〇三年（平成一五）
（一章で『一握の砂』『悲しき玩具』が抄録。二章で「弓町より」「時代閉塞の現状」などの六編の評論が収録。三章で「呼子と口笛」などの詩一二編が収録されています。解説は樋口覚《さとる》）

☆石川啄木『一握の砂』朝日文庫、二〇〇八年（平成二〇）
（初版本と同じ、三行書き一頁二首にレイアウトされています。このことにより編集時の啄木の様々な意図が見えてきます。近藤典彦が注釈・補注及び解説を詳細に書いています）

☆石川啄木『一握の砂・時代閉塞の現状』宝島社文庫、二〇〇八年（平成二〇）
（『一握の砂』と「時代閉塞の現状」が収録されています。解説は郷原宏）

☆石川啄木『悲しき玩具』ハルキ文庫、二〇一一年（平成二三）
（280円文庫で、『一握の砂』からは第一章の「我を愛する歌」のみ、『悲しき玩具』はすべてが収録されています。解説は桝野《ますの》浩一《こういち》）

☆近藤典彦編『復元　啄木新歌集　一握の砂以後（明治四十三年十一月末より）仕事の後』桜出版、二〇一二年（平成二四）
（近藤典彦が、従来の『悲しき玩具』は土岐哀果が編集したものであるとして、啄木が編集した元の形に戻し、さらに『仕事の後』の復元を試みたものです。解説近藤典彦）

○ダイソー文学シリーズ27『石川啄木　一握の砂　呼子と口笛』大創出版
（一〇〇円均一の文庫本です。『一握の砂』と「呼子と口笛」が収録されています）

これ以外にも石川啄木の文庫本はたくさんあります。例えば、古谷綱武編『石川啄木集上下』（新潮文庫、昭和二五年）、『あこがれ』（甲陽文庫、昭和三二年）、『啄木のうた』（現代教養文庫、昭和三六年、石川正雄解説）、『日本の詩歌５　石川啄木』（中公文庫、昭和四九年、注は山本健吉）、岩城之徳『名歌鑑賞　石川啄木』（講談社学術文庫、昭和五四年）、『啄木歌集』（偕成社文庫、昭和五六年）、小田切秀雄編『啄木日記』（レグルス文庫、昭和五六年）などです。

〈写真出典〉
☆岩城之徳監修　遊座昭吾・近藤典彦編『石川啄木入門』思文閣出版、一九九二年（平成四）
本書23、48、86、93、183頁。
☆上田博監修［芸術…夢紀行］…シリーズ④石川啄木『啄木歌集カラーアルバム』芳賀書店、一九九八年（平成一〇）本書15、32、54、103、111、115、149、154、161頁。
☆没後１００年記念　別冊太陽『石川啄木　漂泊の詩人』平凡社、二〇一二年（平成二四）
本書24、40頁。

あとがき

演歌歌手の藤圭子《ふじけいこ》が、二〇一三年（平成二五）の八月に六二歳で自殺しました。藤さんは岩手県一関《いちのせき》市に生まれ北海道の旭川で育ちました。貧しい生活のために高校進学を断念して歌の世界に入り、一八歳で「新宿の女」でデビュー、一九歳で「圭子の夢は夜ひらく」で大ヒットします。その時私はまだ小・中学生だったのですが、「十五、十六、十七と私の人生暗かった」というフレーズは今でもよく覚えています。彼女は二八歳で引退しアメリカ合衆国で暮らし始めますが、その後また日本の芸能界に復帰します。そして六二歳で突然自殺をしたのでした。

藤さんがなぜ自殺したのかは、精神の病を患《わずら》っていたとか、声が出なくなっていたとか色々あってよくわかりません。そんな中でテレビのコメンテーターが話していたことが記憶に残りました。彼女は「藤圭子」を演じるのに疲れたのではないかというのです。つまり、演歌歌手「藤圭子」は、貧しさや暗さや静的で大人しいなどというイメージと密接に結びついていました。しかし、一九歳の成功によりその後は大金持ちになっていきます。またアメリカに住むようになり、湿っぽい演歌とは無縁な世界に入っていきます。

「五年間で五億円は使った」と豪語する、一般庶民とはかけ離れた世界に住んでいました。また藤さんと出会った人たちは、大変率直でおしゃべりな人であるとも話しています。それにもかかわらず、日本で歌うときは相変わらず、「圭子の夢は夜ひらく」のようないわゆる〝怨歌《えんか》〟歌手「藤圭子」のイメージを出すしかなかったのです。なぜなら大衆は一度ついてしまった「藤圭子」のイメージ以外を許さなかったからです。そのギャップに彼女は疲れたのではないかというのです。もちろんこのような考えが正しいかどうかわかりません。ただその時思ったのは、人は一度ついてしまったイメージからは、なかなか抜け出せないものだということです。

そして、石川啄木のことを思いました。啄木は藤圭子と同じ岩手県に生まれ、北海道でも過ごしています。経済的な理由もあり、上級学校を断念して文学の世界での成功を目指します。もちろん生前の啄木は彼女のような大成功をすることはできませんでしたが、死後に大変な有名人になっていきます。しかしそのイメージは、ずっと貧しさや病や青春や社会性というものでした。確かにそのことに間違いはありません。そのことに間違いはないのですが、しかし、啄木はそれだけの人ではなかったのです。

例えば、私は『石川啄木　国際性への視座』（おうふう）で、国際性という視点から啄木を読み解いています。また近藤典彦は『啄木　六の予言』（ネスコ）で、予言（予見）性というような点から啄木を捉え直しています。その他にもエコロジー（環境）の点として、石川啄木著、山本玲子訳、鷲見春佳絵『サルと人と森』（NPO法人森びとプロジェクト委員会発行）などもあります。もちろん従来のイメージや視点をもっと深めていかなければならないのは当然のことですが、それと同時に従来の「石川啄木」のイメージの呪縛《じゅばく》を解き放ち、新たな視点を得ることも必要なのだと思います。

とりわけ本書の第1章「その二六年二カ月の生涯」の中で、私は従来の啄木のイメージを打ち破る努力をしました。つまり、啄木は天才主義的な浪漫《ろうまん》主義者で、まったく家族のことや生活のことを考えず文学だけにうつつを抜かしていた人であったというイメージです。もちろん前半生の啄木はそのような人でした。驕《おご》り高ぶって生活のことを考えることをせず、文学がすべてでした。しかし、それはあることをきっかけに大きく反転していき、そこから現在につながる啄木が始まるのです。本書の冒頭でそのことを強調しました。

また啄木は借金魔であったとか、働いていなかったとか、親孝行していなかったというイメージや批判もあります。そのことについても私なりの見解を示してみました。一度ついてしまった「石川啄木」のイメージの呪縛を何とか解き放ちたいと思ったからです。どうでしょうか、解き放つことができているでしょうか。結論は読者の皆さんにお任せするしかありません。

本書は、啄木の『入門書』というスタイルをとっています。入門書と言えば、一般的に客観的な年譜や作品の紹介というものが多いと思われます。もちろん本書もそのような部分もありますが、どちらかと言えば第1章同様に他の章でも私の主観に基づいたものを多く記しています。

例えば第2章の(八)「啄木短歌の受容時期と時代背景」です。これは実際に放送されませんでしたが、あるテレビ局のディレクターから依頼されて書いたものです。一つの試論として読んでいただければと思います。それから第4章「小説の世界」で、「雲は天才である」は評論「ワグネルの思想」と構成も内容もよく似ていてその影響を受けているということや、さらにそれはその後の小説にも影響を与えているという指摘は、実は私が三〇数年前に書いた卒業論文の内容です。今回それをあえて活字にしてみました。

また、第8章の「寺山修司と井上ひさしの啄木受容の相違」ですが、随分前から疑問というか、納得のいかないことがありました。それは「昭和の啄木」と言われた寺山修司のことです。寺山は啄木短歌から文学的な出発をしていながら、ある時に蹴《け》るように啄木を捨て去ってしまいます。なぜ寺山は啄木と決別しなければならなかったのか、本書で私なりの結論を出してみました。そして、その寺山の啄木との決別の理由が、家庭・家の問題であると考えた時、もう一人の啄木に深い親しみを示した井上ひさしのことが思い出されました。井上もまた、啄木の家庭・家のことをテーマにした戯曲を書いていたからです。この二人の啄木享受《きょうじゅ》を比べてみましたら、興味深い事実を探り当てることができました。

それから本書には、あえて多めのルビ（ふりがな）を振りました。それは、できるだけ多くの外国人の方にも読んでもらいたいという希望からです。私は一〇年ほど外国人に日本語や日本文学を教えた経験がありますが、西欧人ばかりでなく東洋人の方もみな漢字の読み方、とりわけ固有名詞の読み方に苦労しているということを感じていました。それで、本書は『入門書』ということもあり、多少多めにルビを振ることにしました。

本書を書くにあたり、資料やアドバイスを多くの方からいただきました。大室精一、近藤典彦、佐藤勝《まさる》、中村不二夫、水野信太郎、山本玲子《れいこ》の皆さんです。とりわけ大室さん、佐藤さんのお二人には多くの資料を探していただきました。感謝致します。また妻の美愛《みえ》には校正を手伝ってもらいました。明治大学の図書館には、何度も資料調査のお世話になりました。有り難うございました。

最後に、桜出版の山田武秋さんと編集担当の高田久美子さんに、心より御礼申し上げます。

有り難うございました。

はしり旬《しゅん》なごりのありて万物は生々《せいせい》流転《るてん》今を生ききる

功

【著者略歴】

池田　功（いけだ　いさお）

1957年（昭和32）新潟県生まれ。明治大学大学院文学研究科日本文学専攻博士後期課程単位取得満期退学。韓国・東国大学校招聘特別専任講師、ドイツ・フライブルク大学及びボン大学日本文化研究所客員研究員を経る。

【現　在】明治大学政治経済学部教授、同大学院教養デザイン研究科教授、文学博士、国際啄木学会副会長、「りとむ」短歌会所属。

【単　著】『石川啄木　国際性への視座』、『新版　こころの病の文化史』（以上、おうふう）、『石川啄木　その散文と思想』（世界思想社）、『啄木日記を読む』、『啄木　新しき明日の考察』（以上、新日本出版社）、『若き日本文学研究者の韓国』（武蔵野書房）。

【共編著】『石川啄木事典』、『木下杢太郎の世界へ』、『小説の中の先生』（以上、おうふう）、『明治の職業往来』、『「職業」の発見』（以上、世界思想社）。

石川啄木入門

二〇一四年一月三〇日　第一版第一刷発行

著　者　池田　功

装　幀　高田久美子

発行人　山田武秋

発行者　桜出版

東京都新宿区中町一番地

〒一六二-〇八三五

Tel（〇三）三二六九-三四二〇

Fax（〇三）三二六九-八四八〇

印刷所　モリモト印刷株式会社

ISBN978-4-903156-15-6　C0095